EL HIJO DEL ARISTÓCRATA
ANNE McALLISTER

Editado por Harlequin Ibérica.
Una división de HarperCollins Ibérica, S.A.
Núñez de Balboa, 56
28001 Madrid

© 2008 Anne McAllister
© 2016 Harlequin Ibérica, una división de HarperCollins Ibérica, S.A.
El hijo del aristócrata, n.º 2488 - 24.8.16
Título original: One-Night Love-Child
Publicada originalmente por Mills & Boon®, Ltd., Londres.
Este título fue publicado originalmente en español en 2008

I.S.B.N.: 978-84-687-8447-2
Depósito legal: M-17041-2016
Impresión en CPI (Barcelona)
Fecha impresion para Argentina: 20.2.17
Distribuidor exclusivo para España: LOGISTA
Distribuidores para México: CODIPLYRSA y Despacho Flores
Distribuidores para Argentina: Interior, DGP, S.A. Alvarado 2118.
Cap. Fed./Buenos Aires y Gran Buenos Aires, VACCARO HNOS.

Capítulo 1

LA carta apareció como caída del cielo.

—No sé qué es, milord —la señora Upham la olisqueó, luego sujetó el manchado y medio roto sobre celeste entre dos dedos con claro gesto de desaprobación—. Está muy... sucio.

Había depositado el resto de la correspondencia en el escritorio de Flynn, perfectamente separada como hacía siempre. Asuntos de la propiedad: el montón más grande. La correspondencia de admiradores y de asuntos editoriales: el montón mediano. Las cartas personales de su madre o hermano, ya que ninguno de los dos parecía creer en los teléfonos o los correos electrónicos, en el tercero.

Todo muy organizado, como si ella pudiera hacer lo mismo con su vida.

«Buena suerte», pensó.

Como su vida en ese momento transcurría en Dunmorey, un húmedo y destartalado castillo de quinientos años de antigüedad, lleno de retratos de antepasados reprobatorios que miraban con desdén los esfuerzos que realizaba Flynn para mantener literalmente un techo sobre ellos, las granjas circundantes, las tierras y arrendatarios, al igual que sobre su hermano, Dev, fanático de los caballos, con grandes planes para revivir la cuadra de Dunmorey y nada de dinero para lograrlo, y sobre su madre, cuyo mantra desde el fallecimiento de su padre siete meses atrás había sido: «Necesitamos encontrarte una novia», Flynn no creyó que a la señora Upham le resultara divertido.

El único gozo que podría brindarle a ella sería decirle que la tirara.

Desde luego, su padre lo habría hecho.

El difunto octavo conde de Dunmorey no tenía paciencia para nada que no fuera apropiado y tradicional. En una ocasión, había tirado una carta que Flynn había garabateado en un trozo de una bolsa de papel cuando había estado trabajando en una zona de guerra.

–Si no puedes molestarte en escribir una carta apropiada, yo no puedo molestarme en leerla –le había informado su padre más adelante.

Flynn pasaba casi todos los días tratando de afrontar las exigencias de Dunmorey mientras en el interior de su cabeza oía la letanía incesante del fallecido conde diciendo: «Sabía que no podías hacerlo».

Se refería a salvar el castillo. Ser un buen conde. Dedicado y responsable. Estar a la altura.

–¿Milord? –persistió la señora Upham.

Con la mandíbula tensa, alzó la vista. Necesitaba repasar esos números otra vez, comprobar si, de alguna manera, había suficiente para poner el tejado nuevo y tener los establos bien cuando Dev llegara con su nuevo semental desde Dubai.

No habría dinero.

Tenía más posibilidades de entrar en la lista de libros más vendidos del *New York Times* con el libro nuevo que saldría a la venta en los Estados Unidos el mes siguiente. Al menos poseía talento para las entrevistas impactantes, para las historias agudas y penetrantes, para la palabra escrita.

Era a lo que se había dedicado, en lo que sobresalía, antes de que el título de conde hubiera cambiado su vida.

Pero no pensaba abandonar Dunmorey, a pesar de

que la batalla de evitar que el lóbrego castillo irlandés se cayera a pedazos fuera intensa. Era su obligación, no su vocación. Y con franqueza, al no ser el primogénito, jamás había esperado tener que hacerlo.

Pero como todo lo demás en su vida en esos tiempos, lo había heredado mientras trazaba otros planes.

Su difunto padre habría dicho que le estaba merecido.

Y quizá así fuera.

No era lo que él habría elegido, pero estaba decidido a demostrarle a su padre, a pesar de estar muerto, que podía hacerlo bien.

—Todo lo que necesita está aquí, milord –dijo la señora Upham–. Entonces, ¿me desprendo de esto?

Flynn gruñó y volvió a empezar por la parte superior de la columna.

—¿Le traigo una taza de té, milord? A su padre siempre le gustaba tomar un té con su correo.

Flynn apretó los dientes.

—No, gracias, señora Upham. No me hace falta nada.

Había aprendido que así como a los ojos de la señora Upham jamás sería como su padre, algo que francamente agradecía, sí poseía su propia versión de la Voz de Autoridad.

Siempre que la empleaba, la señora Upham lo entendía.

—Muy bien, milord –asintió y retrocedió hasta salir de la habitación.

Bien podría haber sido el rey de Inglaterra.

Volvió a repasar los números. Pero siguieron sin darle el total que quería. Suspiró y se reclinó en el sillón; se frotó los ojos y movió los hombros. En una hora tenía una cita con un contratista en los establos para estudiar qué más había que hacer antes de que Dev trajera el semental en quince días.

Como el caballo era un ganador contrastado y, por ende, una propuesta para hacer dinero, los establos eran una prioridad absoluta. Las tarifas por cubrición y los derechos de autor no parecían suficientes para mantener Dunmorey a flote.

El castillo llevaba en la familia más de trescientos años. Había visto tiempos mejores y, aunque costaba creerlo, también peores. Para Flynn representaba la encarnación física del lema familiar: *Eireoidh Linn*, que de sus tiempos de estudiante de irlandés sabía que significaba, aproximadamente, «Triunfaremos a pesar de la adversidad».

Su padre siempre le había contado a los invitados de habla inglesa que quería decir «¡Sobreviviremos!»

Hasta el momento, así había sido; pero como el castillo estaba sin deudas, se podía vender.

Hasta el momento no se habían visto obligados a ello, y Flynn no pensaba ser quien perdiera la lucha.

En cuanto los servicios del semental funcionaran y, si su libro iba bien, mejorarían. Mientras tanto...

Echó el sillón para atrás y se puso a caminar por el despacho. Fue al regresar al escritorio cuando sus ojos se vieron atraídos hacia el sobre celeste en el fondo de la papelera.

Estaba tan sucio y era tan poco atractivo como había manifestado la señora Upham. Sin embargo, le intrigó.

Pudo ver que estaba dirigido a él media docena de veces. Una llamada de su antigua vida.

Se agachó y lo sacó de la papelera. La dirección original era la revista *Incite*, de Nueva York.

Enarcó las cejas. Hacía tiempo había realizado algunas entrevistas y artículos ligeros para ellos. Pero hacía años que no había escrito nada para *Incite*.

Su padre siempre había considerado que esos artículos eran banalidades y lamentado que no hubiera sido lo bastante bueno como para escribir sobre noticias de verdad de temas que realmente importaran.

De hecho, sí había sido bueno. La sucesión de direcciones tachadas en el sobre indicaban en qué lugares lo había demostrado: África, las Indias Orientales, Asia central, Sudamérica y Oriente Medio.

Uno detrás del otro, cada punto más caliente que el anterior.

Miró el sobre, sorprendido por la titilante cascada de recuerdos... de entusiasmo, de desafío, de vida.

Estudió otra vez la caligrafía firme pero femenina que había debajo de las otras. No la reconoció. Le asombraba que la carta le hubiera llegado. El único sello nacional de Estados Unidos había sido franqueado por primera vez hacía cinco años.

¿Cinco años?

En ese tiempo había estado en el corazón de una selva sudamericana, escribiendo una «historia real» de guerra tribal en el siglo XXI.

Por ese entonces poco le había importado el peligro en el que se metiera. Su hermano mayor, Will, al que su padre siempre había llamado «el heredero», había muerto hacía unos meses. Y dependiendo de cómo se observara, y si se lo miraba tal como había hecho el conde, la muerte de Will había sido culpa suya.

–¡Iba al aeropuerto a recogerte! –había espetado el conde, sintiendo únicamente su propio dolor, sin reconocer jamás el de Flynn–. ¡Eras tú quien venía a casa a recuperarte! ¡Eras tú quien había recibido un disparo!

Pero no quien había muerto.

Había sido Will, el firme, sensato y responsable Will, que había parado de camino al aeropuerto para ayudar a un motorista a cambiar una rueda y había sido atropellado por un coche.

Costaba decidir quién había quedado más consternado, si Flynn o su padre.

Desde luego, al recuperarse del disparo recibido mientras perseguía una de esas «noticias de verdad que realmente importaban», nadie, y menos su padre, había puesto objeción alguna cuando decidió marcharse a cubrir la guerra intertribal en Sudamérica.

Nadie había puesto objeción cada vez que había elegido un encargo más peligroso que el otro después de aquello.

Pero sin importar lo peligrosos que fueran, los disparos que recibiera, no había muerto. Aún había sido el heredero cuando su padre había muerto por un ataque al corazón el último mes de julio.

En ese momento, él era el conde. Ya no viajaba por el mundo. Estaba anclado en el castillo Dunmorey.

Y una carta de cinco años de antigüedad que lo había perseguido por todo el mundo, finalmente lo había encontrado.

La abrió. Dentro había una hoja blanca. La desplegó. La carta era breve.

Flynn, esta es la tercera carta que te escribo. No te preocupes, ya no te escribiré más. No espero nada de ti. No quiero nada. Solo pensé que tenías derecho a saberlo.

El bebé nació esta mañana a las ocho. Ha pesado tres kilos, ciento cincuenta gramos. Fuerte y sano. Le voy a poner el nombre de mi padre. Desde luego, me lo voy a quedar. Sara.

Flynn miró las palabras, trató de entenderlas, de situarlas en un contexto en el que tuvieran sentido.

No espero... nada... derecho a saberlo... bebé.

Sara.

El papel tembló en sus dedos. El corazón se le disparó. Empezó otra vez, en esa ocasión por la firma. Sara.

Una imagen de intensos ojos castaños, inmaculada piel de marfil y un cabello corto y oscuro. Una visión de suave piel y el sabor de labios que hablaban de canela se expandieron por su mente.

Sara McMaster.

La deslumbrante y deliciosa Sara, de Montana.

Santo cielo.

Miró la carta como si su significado se hubiera aclarado.

Sara había estado embarazada. Sara había tenido un bebé.

Un niño...

Su hijo.

Era el día de San Valentín.

Sara lo sabía porque la noche anterior había ayudado a Liam, de cinco años, a escribir su nombre en veintiuna tarjetas de San Valentín, con motivos de criaturas mutantes que decían «Sé Mía» y «Soy Para Ti».

Y porque había preparado galletas de chocolate con azúcar glasé para que Liam las llevara a la fiesta que iban a celebrar en su clase del jardín de infancia.

Y también lo sabía, porque, por primera vez desde que Liam había nacido, tenía una cita de verdad.

Adam Benally la había invitado a cenar. Era el capataz en el rancho de Lyle Dunlop. Había llegado al valle hacía unos meses procedente de Arizona. Viudo con un pasado del que rara vez hablaba, al menos era sincero cuando manifestaba «intento dejar atrás mis demonios». Se habían conocido porque ella llevaba la contabilidad de su rancho.

—No puedes aislarte para siempre –le había comentado su madre, Polly, en más de una ocasión–. Por haber tenido una mala experiencia...

Sara dejó que su madre hablara, porque eso era lo que hacía Polly. Mucho. Y probablemente tenía razón en el asunto de estar aislada.

Pero no había sido una mala experiencia. Al menos no mientras duró. Durante ese tiempo, habían sido los tres días más asombrosos de su vida. Y entonces...

Nada.

Esa era la mala parte. Esa era la parte que la hacía apretar los puños cada vez que pensaba en ella, la que hacía que vacilara en volver a abrirse a un hombre.

Pero al final había dicho que sí. Había decidido volver a intentarlo con Adam. Una cita para cenar. Un primer paso.

–Ya era hora –había comentado Polly al oír el plan de Sara–. Me alegro. Necesitas desterrar algunos fantasmas.

Solo uno.

Uno que veía en miniatura cada vez que miraba a su hijo. El niño tenía los mismos ojos verde jade y el pelo negro de su padre.

Acalló el pensamiento. No era el momento de pensar en él.

Liam podía ser un recordatorio, pero su padre era el pasado. Por lo general, se pasaba días enteros sin pensar en él. Pero ese día, por ser San Valentín, por haber aceptado la invitación de Adam, por estar decidida a matar dos recuerdos saliendo una noche, no dejaba de asediar sus pensamientos.

El pasado estaba muerto. Necesitaba concentrarse en el futuro... en Adam.

¿Qué esperaría este? Preparó té, pensó en lo que se pondría, en cómo ser encantadora y dar conversación. Una cita era como hablar un idioma extranjero que no había practicado. Era algo que apenas había hecho antes de...

¡No!

Con determinación, llevó la taza de té a la mesa y desplegó unas carpetas para poder ponerse a trabajar. Si podía acabar la contabilidad de la ferretería antes de que Liam llegase del colegio, entonces podría tomarse un descanso, quizá salir con él a levantar un muñeco de nieve o librar una batalla de bolas de nieve. Algo que la distrajera.

Liam iba a pasar la noche en la casa de su tía Celie, que vivía calle arriba con Jace, su marido, y sus hijos.

–¿Por qué toda la noche? –había querido saber cuando Celie se lo había ofrecido–. Solo vamos a cenar. ¡No voy a pasar la noche con él!

–Bueno, puede que después quieras invitarlo a tomar algo en tu casa –comentó Celie con inocencia–. Una taza de café –añadió con una sonrisa.

Sara sabía tan bien como ella que no pensaba hacer nada después de cenar. Aún no.

¿Cómo diablos había podido dejar pasar seis años sin una cita?

Lo racionalizó diciéndose que no había tenido tiempo.

Había dedicado los primeros tres años desde el nacimiento de Liam a terminar la carrera de contable y luego a establecerse. Entre su hijo, la universidad y los trabajos que había aceptado para llegar a fin de mes, no había tenido tiempo para conocer a ningún soltero.

Ni lo había querido.

Había sido demasiado imprudente la primera vez. En esa ocasión, se lo iba a tomar con calma y eso significaba una cena y, quizá, un beso rápido y fugaz en los labios. Sí, eso podía hacerlo.

Pero primero tenía que ponerse a trabajar.

Una de las ventajas de su trabajo como contable colegiada y autónoma, era que podía establecer sus propias horas de trabajo y hacerlo desde casa. Eso facilitaba estar con Liam cuando llegaba del jardín de infancia. El inconveniente era que resultaba fácil distraerse... como ese día. No había jefe para exigir cosas. Era más tentador ir a comprobar el armario para decidir qué iba a ponerse o preparar una taza de té y hablar con Sid el gato cuando realmente necesitaba concentrarse en el trabajo.

De modo que se obligó a sentarse a la mesa de la cocina, que también servía como escritorio, y extendió los papeles de la ferretería.

La sobresaltó una llamada súbita y sonora a la puerta principal. Vertió té sobre una hoja del libro mayor.

—¡Maldita sea!

Fue al fregadero y arrancó una toalla de papel para absorber el líquido, maldiciendo al mensajero, que era el único que siempre se presentaba ante la puerta frontal. Le llevaba los suministros de oficina cuando los pedía. Pero no recordaba...

¡Bang, bang, bang!

No se trataba del mensajero, entonces. Solo llamaba una vez, después de haber despertado a los muertos, regresaba a su furgoneta y se marchaba. Jamás llamaba dos veces.

¡Bang, bang, bang!

Y menos una tercera.

—¡Aguanta! —gritó—. ¡Ya voy!

Fue a la puerta y la abrió... al fantasma de San Valentín pasado.

«Oh, Dios».

Estaba alucinando. Asustada por la idea de volver a tener una cita, lo había invocado desde los más oscuros rincones de su mente.

Y maldijo a su mente por que estuviera más atractivo que nunca. Alto, esbelto, de caderas estrechas, pero con hombros aún más anchos que los que recordaba. Incluso el cerebro había moteado el cabello negro como la noche con copos de nieve. Deberían haber suavizado su apariencia, hecho que pareciera más gentil. No era así. Parecía tan felino y letal como siempre.

—Sara.

Su boca hermosa esbozó una devastadora media sonrisa.

Ella conocía esa sonrisa. La recordaba demasiado bien. Había besado esos labios. Había probado sus risas, sus palabras, sus gemidos, su pasión.

El rostro se le encendió. De repente sintió en su cuerpo un calor que había tratado de olvidar.

—¿Te has quedado muda, *a stór*?

Su voz de barítono con un leve deje irlandés hizo que se le erizara el vello de la nuca. Era como si un fantasma le hubiera pasado un dedo por la columna.

—Vete —dijo con vehemencia, cerrando los ojos, rechazando la alucinación, los recuerdos... al hombre. Se dijo que eso estaba provocado por haber aceptado salir con Adam. Había activado los recuerdos que había relegado al fondo de su mente.

Cerró los ojos con fuerza y contó hasta diez, pero cuando los abrió, seguía allí.

Llevaba vaqueros, un jersey negro y una cazadora verde musgo. No se había afeitado en uno o dos días. Tenía los ojos enrojecidos. Pero la miraba divertido. Y cuando sonrió un poco más ante su desconcierto, vio que tenía un diente roto. No creyó que su alucinación hubiera podido crear ese diente.

De modo que era real.

Y peor. Seis años atrás Sara había soñado con ese momento. Se había aferrado a la esperanza de que regresaría a Elmer, a ella. Durante nueve meses, había hecho planes, había albergado esperanzas y trazado planes. Y jamás se había presentado. Nunca había llamado. Nunca había escrito.

Y en ese instante, como salido de la nada, lo tenía ante su puerta.

El corazón le dio un vuelco. La embargó una furia de dolor tan intenso que tuvo que tragar saliva varias veces hasta encontrar su voz.

Y cuando al fin lo hizo, rezó para que sonara plana y desinteresada.

–Flynn.

Flynn Murray. El hombre que había tomado su amor, le había dado un hijo y la había dejado sin mirar una sola vez atrás.

La culpa era suya. Lo sabía. Él jamás le había prometido quedarse. Nunca le había prometido nada... salvo que la heriría.

Y por Dios que lo había hecho.

Desde luego, en aquella época no había creído que pudiera hacerlo. Tenía diecinueve años, era ingenua, necia y estaba enamorada más allá de lo que alguna vez había creído posible. Había conocido a Flynn de forma inesperada cuando se había presentado en su pequeña ciudad para hacer un reportaje sobre un vaquero famoso. Había sido extraño, casual y casi como encontrar a su otra mitad.

Siempre había sido pragmática y sensata. Había tenido objetivos desde que se había hecho lo bastante mayor como para saber deletrear la palabra. Conocer a Flynn y enamorarse de él los había vuelto del revés. Había llegado a su pequeña ciudad y había cambiado su mundo.

La había hecho desear cosas que nunca había soñado desear... y durante unas pocas semanas había creído que podría conseguirlas.

Pero había conocido el dolor y lo había superado. Sabía que no permitiría que le volviera a suceder. Nunca.

–Estás muy guapa –le dijo él–. Más guapa de lo que recordaba.

Ella apretó la mandíbula.

–Tú estás mayor –replicó.

Y más duro. Y casi enjuto. Seguía siendo atractivo, desde luego. Quizá aún más, de un modo más agreste. Con veintiséis años, Flynn Murray había sido sonrisas, fluidez felina y espontáneo encanto irlandés. Con treinta y dos parecía un superviviente de mil batallas, un hombre que acabara de llegar a casa de la guerra.

Había sorprendentes vetas grises en sus sienes. Y una cicatriz le marcaba una sien y desaparecía entre el cabello entrecano.

Llevar una vida como la suya debía de ser más duro que lo que ella había imaginado. Con sorna pensó que tenía que ser muy duro rastrear a celebridades por todo el mundo.

Flynn se encogió de hombros.

–Ya sabes lo que dicen... no son los años, son los kilómetros.

–Y no me cabe duda de que tú has recorrido unos cuantos –comentó con tono sarcástico. Y ya podía continuar, pues no lo necesitaba allí. No necesitaba que agitara su vida, sus esperanzas, a su hijo–. ¿Qué haces aquí? –demandó.

Y como si pudiera leerle la mente del mismo modo que desestabilizar su vida de todas las demás maneras imaginables, Flynn respondió:

–Quiero conocer a mi hijo.

Capítulo 2

HAS llegado un poco tarde –dijo con los dientes apretados. Unos cinco años tarde. –
Sí –asintió con gesto grave–. Acabo de enterarme.

Parpadeó con incredulidad.

–Sí, claro –confirmó con profundo sarcasmo.

Pero Flynn no pareció notarlo. Buscaba algo en el interior de su cazadora; del bolsillo sacó un sobre pequeño de manila. Lo abrió y extrajo otro azul gastado. En silencio, se lo extendió a ella.

Sara lo miró fijamente. Despacio, lo aceptó con dedos flojos.

El papel parecía haber sido pisoteado por una manada de búfalos. Le dio la vuelta y vio por lo menos media docena de direcciones escritas y tachadas una encima de la otra. Una palabra captó su atención. Irlanda.

Fue una sorpresa. Seis años atrás, él había parecido encantado de encontrarse lejos de su tierra natal.

«Allí no hay nada para mí», había afirmado.

Curiosa por ese cambio de actitud, miró del sobre al hombre. Pero los ojos verdes se clavaron en los suyos con tanta intensidad que volvió a centrarlos en el sobre.

En un principio había formado parte de un juego bonito de sobres y hojas azules, que su abuela le había regalado el día de su graduación con sus iniciales grabadas en el papel. Sara no había tenido la ocasión de escribir muchas cartas. Aún le quedaban algunas hojas.

Pero esa la recordaba muy bien.

La había escrito pocas horas después de que naciera Liam. Había sabido que existían pocas probabilidades de que el padre del pequeño le prestara atención. No había hecho caso a sus dos cartas anteriores, en la primera en que le contaba que estaba embarazada y en la posterior, que le había enviado por si no había recibido la primera.

Jamás le había contestado.

Lo había entendido... no había estado interesado.

No obstante, había sentido la necesidad de escribirle una última vez después del nacimiento de Liam. Le había brindado una última oportunidad... se había atrevido a esperar que la noticia de que tenía un hijo podría hacerlo recapacitar. No estaba orgullosa. O no lo había estado entonces.

En ese momento sí. Y también decidida a no permitir que volviera a hacerle daño.

—No lo sabía, Sara —repitió él. La miró a los ojos.

—Te escribí —insistió—. Antes de esto... —movió el sobre que sostenía—... te escribí. Dos veces.

—No las recibí. Me movía... mucho. Ya no escribía para *Incite*. Ellos la remitieron a mi nueva dirección. Los demás también. Al parecer, no dejó de seguirme. Pero no la recibí. Hasta la semana pasada. Entonces la recibí... y aquí estoy.

Sara abrió la boca, y volvió a cerrarla. Después de todo, ¿qué había que decir? Había ido porque había descubierto que tenía un hijo. Seguía sin tener nada que ver con ella.

No debería dolerle después de tanto tiempo. Siempre había sabido que a él ella no le importaba como él le había importado a ella. Pero escuchar las palabras aún tenía el poder de herir profundamente.

Pero bajo ningún concepto iba a mostrarle su dolor. Cruzó los brazos.

−¿Y? ¿He de aplaudir? ¿Quieres una medalla?

Pareció sobresaltado, como si no hubiera esperado beligerancia. ¿Había creído que caería sobre su regazo dominada por la gratitud?

−No quiero nada −repuso con voz hosca−, salvo la oportunidad de llegar a conocer a mi hijo. Y hacer lo que necesites.

−¿Marcharte? −sugirió ella, porque era lo único que necesitaba.

Flynn se mostró más ceñudo.

−¿Qué? ¿Por qué?

−Porque no te necesitamos.

Pero incluso al decirlo, supo que era una media verdad. Ella no lo necesitaba. Pero Liam pensaba que sí.

−¿Dónde está mi papá? −había estado preguntándole durante el último año.

Si no estaba muerto, ¿por qué no iba a visitarlos?

−No puede −respondía Sara−. Si no, lo haría.

No era precisamente una mentira. Aunque había creído que Flynn les había dado deliberadamente la espalda, sabía que contarle eso a Liam estaría muy mal. Sencillamente, no podía... por el motivo que fuera. Fin de la historia.

Pero no podía imaginar lo que diría Liam cuando llegara a casa por la tarde.

−Liam debería tener un padre −indicó Flynn−. Un padre que lo quiera.

Algo en su voz hizo que Sara alzara la vista. Pero Flynn no dijo nada más.

−Él está bien −insistió−. No tienes por qué hacer esto.

–Sí lo necesito –contradijo.

–No está aquí.

–Esperaré –la miró expectante. Ladeó la cabeza y la observó con una expresión burlona–. No me tendrás miedo... ¿verdad, Sara?

–Claro que no te tengo miedo –espetó–. Solo estoy... sorprendida. Di por hecho que no te importaba.

La sonrisa se desvaneció. La miró con absoluta seriedad.

–Me importa. Lo digo en serio, Sara. Habría estado aquí desde el principio de haberlo sabido.

No supo si creerle o no. Pero sí supo que no iba a poder cerrarle la puerta. Todavía no. Iba a tener que dejarlo pasar, que esperara a Liam, que conociera a su hijo.

¿Y luego?

No iba a poder ser padre todo el tiempo si estaba en Irlanda. Pero al menos Liam sabría que tenía un padre al que le importaba.

Primero tendría que establecer algunas reglas básicas. Se apartó de la puerta.

–Supongo que puedes pasar.

–Y yo que pensé que nunca me lo pedirías.

Él le dedicó una sonrisa que le transmitió que sabía que se saldría con la suya.

Sara se apartó, para cerciorarse de que al entrar no la rozara siquiera con una manga.

Pero al cruzar el umbral, él se detuvo y se volvió hacia ella. Estaba tan cerca que no fue su manga, sino la pechera de su cazadora la que le rozó la punta de los pechos. Tenía la espalda contra la pared.

–¿Me has echado de menos, Sara? –murmuró.

Y ella sacudió la cabeza con vehemencia.

–Nada.

–¿No? –sonrió como si captara la verdad dentro de la mentira–. Bueno, pues yo sí te he echado de menos

–afirmó con voz ronca–. No he sabido cuánto hasta ahora mismo.

Y entonces, inclinó la cabeza y posó los labios sobre los de ella.

Flynn Murray siempre había sabido besar. Una y otra vez la había dejado sin aliento con sus besos. Sara había intentado olvidar, había tratado de convencerse de que le aflojaba las rodillas por su inexperiencia juvenil.

Se había dicho que no volvería a pasar.

Había mentido. Y ese beso era tan malo... y maravilloso, como había temido.

Fue un beso hambriento, determinado a demostrar lo mucho que la había echado de menos. Y fue muy persuasivo. Probó, provocó, poseyó.

Prometió. Prometió momentos de paraíso, como Sara bien sabía. Pero ya no era una mujer totalmente inexperta. También sabía que prometía años en la dolorosa soledad del infierno.

Alzó las manos para apoyarlas contra su torso, para empujarlo, pero en lugar de eso le agarró la cazadora a medida que cada recuerdo que tanto se había afanado en olvidar descendía sobre ella, arrastrándola, provocándole necesidad, anhelo, deseo.

Igual que en el pasado. Salvo que entonces había creído que él sentía lo mismo.

Ya no. Sí, había vuelto. Pero lo había hecho por su hijo... no por ella.

Y a pesar del beso, de la dulzura, la pasión y la promesa, y debido al beso, por la capacidad que tenía para socavar su sensatez y su necesidad de supervivencia, no debía olvidarlo.

Hacía seis años lo había amado y él la había dejado.

Le había entregado su corazón, su alma y su cuerpo. La había conocido más profundamente que nadie.

Había creído que también él la amaba. Había creído que volvería.

Y nunca lo había hecho.

No hasta descubrir la existencia de Liam.

Quería a su hijo. No a ella.

Finalmente logró apoyar las manos contra su torso y empujar con fuerza.

Él trastabilló y, para diversión de Sara, se golpeó con la silla más cercana.

–¡Maldición!

Pero no iba dirigido contra ella. Se maldijo a sí mismo, antes de hacer una mueca de dolor y apoyar su peso sobre la pierna izquierda. Sara no supo qué la aturdió más si el beso o el hecho de que era evidente que prefería una pierna a la otra y que se movía sin la habitual fluidez felina que lo había caracterizado.

–¿Qué ha pasado?

–Recibí un disparo –comentó con tono hosco y despreocupado.

Ella sintió el impacto directamente en el corazón.

–¿Un disparo? –se quedó boquiabierta, luego se recobró–. ¿Te aprovechaste de demasiadas mujeres? –dadas las celebridades sobre las que escribía, parecía bastante probable.

–Fue un asesino.

–¿Qué?

–Intentaba matarme –se encogió de hombros–. Me interponía en su camino.

Sara tragó saliva, luego movió la cabeza.

–No lo entiendo –tampoco estaba segura de querer hacerlo, pero era mejor verse distraída por asesinos que por besos. Cerró la puerta y entró en el salón.

–Me encontraba en África. Ese hombre intentaba matar al primer ministro. Falló. Al menos falló en darle al primer ministro. Me dejó un pequeño regalo para recordarlo –esbozó una sonrisa irónica.

Nada de eso tenía sentido para Sara.

El Flynn al que ella había conocido iba de Nueva York a Hollywood y a Cannes, no a África. Y aunque hubiera ido allí, los primeros ministros no eran la clase de celebridades sobre las que escribía.

Pero no tuvo oportunidad de preguntar nada más.

No había oído la puerta trasera al abrirse, no había oído las pisadas por el suelo de la cocina, no había oído nada hasta que se abrió la puerta que daba al comedor.

Y Liam irrumpió en la habitación.

Capítulo 3

SANTO cielo, el niño era la viva imagen de Will. El solo hecho de verlo lo habría dejado aturdido si besar a Sara no lo hubiera hecho antes.

Quería pensar en la reacción que había tenido, y en la de ella, analizarla, entender el efecto que Sara tenía en él. Pero ya no había tiempo.

Asombrado, miraba esa versión en miniatura de su hermano muerto.

Había sabido que era muy probable que su hijo saliera a sus antepasados Murray. Pero verlo en carne y hueso resultaba pasmoso.

El muchacho, Lewis, si Sara le había puesto el nombre de su padre, era un doble de Will. El mismo pelo negro rebelde, la misma piel blanca, las mismas pecas, la misma cara delgada y el mentón afilado. También la misma complexión.

El pequeño no le dedicó ni una mirada. Entró como un torbellino, ajeno al desconocido que había allí. Los ojos, tan verdes como los de Will y los suyos, se clavaron directamente en la madre.

–¡Mira! –se quitó la mochila al tiempo que ponía una caja blanca cubierta de corazones en las manos de su madre–. ¡Debo de haber recibido trillones de Valentines! Y tengo una tarjeta muy bonita de Katie Setsma. ¡Le debo gustar! –dejó la mochila en una silla y luego se sentó en ella para quitarse las botas.

Sara le lanzó a Flynn una mirada rápida, como si

intentara evaluar su reacción ante esa fascinante personita. Las palabras en una carta arrugada y la viva, activa y arrebatadora realidad eran dos cosas completamente distintas. Se preguntó si parecería tan atónito como se sentía.

–Claro que le gustas, Liam –le dijo ella a su hijo.

Y esa estuvo a punto de ser la perdición de Flynn.

–¿Liam? –repitió con voz ronca. ¿La abreviatura irlandesa de William? Tuvo que apoyarse en el respaldo de una silla para equilibrarse.

Al oír su voz, el niño dejó de afanarse con las botas y lo miró con curiosidad por primera vez.

Con precaución y cautela, ella se interpuso entre ambos.

–Así lo llamamos –explicó Sara con firmeza–. Te dije que le puse el nombre de mi padre, Lewis William. Pero no es mi padre. Es una persona independiente –aseveró, como desafiándolo a discutirlo.

No lo hizo. No podía. Apenas fue capaz de hablar.

–Yo...sí. Solo estoy... sorprendido –respiró hondo y volvió a probar–. Era el nombre de mi hermano... William. Will. Nosotros lo llamábamos Will.

Sara captó la conjugación.

–¿Lo llamabais? ¿Era?

–Murió –se humedeció unos labios súbitamente secos–. Hace casi seis años.

Se miraron. También Sara parecía aturdida. Y en sus ojos había mil preguntas no formuladas. Él no podía responderlas. Al menos no en ese momento.

–Lo siento –musitó con sinceridad–. No lo sabía.

Flynn sintió un nudo en la garganta y asintió.

–Lo sé. Es... –volvió a mover la cabeza– una sorpresa más.

Y entonces reinó el silencio. Nadie se movió ni habló. Finalmente, él fue consciente de que Liam bajaba de la silla y se situaba junto a Sara. Miró a su madre, pero ella no habló, ni siquiera pareció verlo, seguía con la vista clavada en Flynn.

La mirada del niño siguió la de su madre.

No había duda de que el niño había captado la corriente de aprensión que flotaba en el salón. «Es como un zorro oliendo el peligro», pensó Flynn.

Y entonces, al parecer llegando a la conclusión de que era necesario, se situó delante de Sara, como si quisiera protegerla. Adelantó el mentón mientras observaba a Flynn.

–¿Quién eres?

Era la pregunta que Flynn había estado esperando desde que decidiera ir a Montana. Era la pregunta que había anhelado contestar.

Y de pronto las palabras se le atascaron en la garganta. Después de cientos de visualizaciones del momento en que iba a conocer a su hijo, no tuvo valor para pronunciar palabra alguna.

Abrió la boca, pero de ella no salió nada. Por primera vez en toda su vida, Flynn Murray carecía de palabras.

También Sara lo miraba expectante, esperando que dijera algo. No pudo. Movió la cabeza.

Sara apoyó las manos en los hombros de su hijo y les dio un ligero apretón. Luego habló con voz suave.

–Es tu padre, Liam.

Liam abrió mucho los ojos. También la boca. Miró fijamente a Flynn, luego giró bruscamente la cabeza para poder mirar a su madre. Todo su cuerpo pareció temblar con la pregunta muda: «¿Es verdad?»

Sara apretó otra vez los hombros del pequeño y asintió.

–Lo es. De verdad –le aseguró–. Ha venido a conocerte.

La siguió mirando largo rato, hasta que al final pareció satisfecho con lo que vio. Volvió a girar hacia

Flynn con ojos firmes y curiosos al observar a su padre en silencio.

Hasta que terminó por preguntarle con voz aguda pero decidida:

—¿Dónde has estado?

Una pregunta absolutamente pragmática y razonable.

Devastadora.

Flynn tragó saliva.

—He... he estado... —carraspeó, contento al menos de haber podido encontrar la voz. Continuó—: en muchos lugares. Por todo el mundo. Habría venido antes. Pero... no sabía que existías.

Liam miró otra vez a su madre con expresión de desafío.

—Dijiste que le habías escrito.

—Lo hizo —respondió Flynn. Eso no era culpa de Sara—. Tu madre me escribió antes de que nacieras. Y después, cuando naciste... pero no recibí la carta. Tardó en llegarme mucho tiempo. Años —alzó la carta de la librería en que Sara la había dejado y la alargó—. Echa un vistazo. Ha pasado por todas partes. Pero yo no la recibí hasta la semana pasada.

Liam miró a Flynn a la cara y luego la carta. Pero se quedó donde estaba, de modo que Flynn se acercó.

Finalmente, el niño le quitó el sobre de los dedos y le dio la vuelta, luego estudió la multitud de direcciones.

—Estaba trabajando en muchos lugares distintos por todo el mundo —explicó él, incómodo—. Debió de llegar tarde a cada lugar al que iba. Al final me alcanzó en mi casa. En Irlanda —Liam no alzó la vista. Miraba la escritura del sobre, que, comprendió Flynn en ese momento, no podría leer, ya que aún no era lo bastante mayor para eso—. Todas esas direcciones son de lugares en los que he estado —explicó.

Entonces el pequeño lo miró.

–¿Vives en un castillo?

Flynn parpadeó. ¿Sabía leer?

Al parecer sí, ya que Liam señalaba la única dirección en el sobre que no había sido tachada.

–Es lo que pone –la miró ceñudo y luego leyó–: Castillo Dun… morey –volvió a mirarlo–. ¿Es tu casa?

–No, cariño –comenzó Sara, pero Flynn la cortó.

–Lo es. Castillo Dunmorey.

Mientras Sara lo miraba sorprendida, los ojos del pequeño se abrieron mucho.

–¿Vives en un castillo de verdad? ¿Con un foso?

–Sí. Y es un castillo solo en nombre –aclaró, mirando a Sara por primera vez y viendo una acusación en su mirada–. Principalmente es una casa enorme y llena de corrientes de aire –prosiguió–. Con más de quinientos años de antigüedad. Con moho. Húmeda. Y tiene una torre y unas paredes bastante altas. Pero no tiene foso.

–Bueno, eso es algo, supongo –musitó Sara.

–¿No tiene foso? –la cara de Liam fue de desencanto. Frunció el ceño–. Entonces, ¿qué lo convierte en un castillo?

–Fue una fortaleza. Un fuerte realmente antiguo –explicó Flynn–. Adonde la gente podía ir cuando necesitaba defenderse de los invasores. Y era donde vivía el señor de las tierras. El jefe –añadió en caso de que eso tuviera más sentido–. Eso es lo que lo convierte en un castillo.

Liam asimiló eso.

–¿Puedo verlo?

–Desde luego.

–Se refiere a una foto –se apresuró a decir Sara–. ¿Puede ver una foto? De tu castillo.

Remarcó la palabra «castillo» como si lo culpara de ello.

Flynn movió la cabeza.

–No llevo ninguna –le indicó a Liam–. Pero puedo conseguirte algunas. Incluso mejor, puedo llevarte allí. Puedes verlo en persona.

El pequeño se quedó boquiabierto.

–¿Puedo?

–¡No! –exclamó Sara.

–¿No puedo? –Liam giró para mirarla.

–Está en Irlanda –explicó, lanzándole a Flynn una mirada furiosa–. Eso está del otro lado del océano. A miles de kilómetros.

–Podría ir en avión –insistió Liam–. ¿No? –miró a Flynn en busca de confirmación.

–Podrías –convino Flynn–. De hecho, es la mejor manera de ir. Hablaremos de ello –le sonrió a Sara.

Esta apretó los labios.

–No creo que lo hagamos pronto –se dirigió a su hijo con firmeza–: Puede contarte todo sobre su castillo, Liam. Pero no esperes cruzar el océano.

–Pero nunca he visto un castillo de verdad.

–Tienes cinco años. Dispones de mucho tiempo –indicó ella sin ceder–. Y mientras tanto, los puedes construir con tu Legos.

Liam se animó.

–Ya lo hice –giró hacia Flynn–. Es bastante real. Pero tampoco tiene un foso. ¿Quieres verlo? –no dejó de saltar sobre un pie y otro mientras miraba a Flynn.

La expresión en ese momento no le recordó tanto a Will como a la Sara joven que él conoció. Había tenido esa misma chispa, ese entusiasmo ansioso, ávido e intenso.

En ese momento lo miraba furiosa.

Flynn se había ganado la vida interpretando a la gente, captando su lenguaje corporal, entendiendo cuándo acercarse y cuándo retirarse. Supuso que no la alegraba verlo y no la culpó. No había estado cerca cuando lo había necesitado.

Pero se había presentado nada más enterarse. Ya arreglarían eso. Aunque no en ese momento, delante de su hijo de cinco años. Esperó apaciguarla con una sonrisa y luego se volvió hacia Liam.

–Eso me gustaría.

–¡Vamos! –y salió disparado escaleras arriba.

Flynn miró a Sara. Esta lo miró con ojos centelleantes y luego se encogió de hombros.

–Diablos, ve con él. ¡Pero no te atrevas a animarlo a pensar que irá a Irlanda!

–Es posible, Sar. No de inmediato, pero deberíamos hablar...

–¡No! Maldita sea, Flynn, no puedes aparecer y desestabilizar nuestras vidas. ¡Han pasado seis años!

–No sabía...

–Y no querías saber –cortó ella–, o habrías vuelto.

–Pensé...

–No me importa lo que pensaste. Sabías dónde estaba. ¡Yo no me fui! Si te hubiera importado algo, habrías vuelto. ¡No lo hiciste!

–Ibas a irte a la facultad de Medicina.

Lo miró fijamente.

–¿Te doy la impresión de haberlo hecho?

Parpadeó, luego movió la cabeza, aturdido.

–¿Qué quieres decir? ¿Qué aspecto deberías tener?

–Me quedé embarazada, Flynn. Tuve un bebé. Apenas pude concentrarme en otra cosa. No fui a la facultad de Medicina.

–Pero...

–Las circunstancias cambian. Los planes cambian.

–Sí, pero... –no podía creerlo. Había sido su vocación–. ¿Por eso estás tan molesta conmigo?

–¿Qué? ¿Por no haber podido estudiar medicina? ¡Claro que no! Eso no me importa. Tengo mi propio negocio. Soy contable... Me gusta mi trabajo. Me gustan los números, me gusta sumar cosas y que cuadren.

¡Me gusta conocer las respuestas! Hablando de lo cual, ¿qué diablos es eso de que vives en un castillo?

Le costó reconciliarse con el hecho de que fuera contable y no doctora, como siempre había imaginado. Había estado comprometida con sus sueños y decidida a alcanzarlos. Había manifestado que nada la detendría.

–¿Castillo? –instó al no obtener respuesta.

–Lo heredé –repuso.

–¡Me dijiste que no había nada en Irlanda!

–No lo había. Se suponía que no iba a heredarlo, ni quería. Mi hermano murió –volvió a enfadarse por solo pensar en ello. A veces quería estrangular a Will... salvo que quería a su hermano vivo.

–Will –musitó, estableciendo la conexión.

–Will –siempre sentía como una pelota de plomo en el estómago cuando pronunciaba el nombre de su hermano.

Sara apretó los labios.

–Bueno, lo siento de verdad. Supongo que fue... una conmoción.

–Un accidente. Al ir a recogerme al aeropuerto.

Una mezcla de dolor y compasión pasó por el rostro de ella.

–Oh, Dios mío.

–Exacto.

Sus miradas volvieron a encontrarse. La conexión que había sido tan fuerte parecía estar reviviendo... y Flynn no pudo creer lo feliz que le hacía sentir eso.

Menos mal que siguió a Liam.

Sara no sabía cuánto tiempo habría podido estar hablando racionalmente... o casi. El corazón le martilleaba. Las manos le temblaban. Debía recobrarse. ¡Tenía que dejar de importarle!

Durante años había logrado convencerse de que no le importaba... de que su comportamiento anormal con Flynn Murray había sido debido a una especie de reacción química que jamás se repetiría.

Y había bastado verlo de pie ante su puerta para volver a derretirse.

Se dijo que era la sorpresa, ya que era la última persona a la que había esperado ver.

¡Ni siquiera quería pensar en lo que había pasado cuando la había besado!

Pero pensar en él con Liam no resultaba mucho mejor.

Siempre había sabido que Liam se parecía a su padre. Pero sin fotos, se había convencido de que solo tenía un parecido general.

Después de todo, de vez en cuando en su hijo encontraba parecido consigo misma, con su propio padre, su madre, incluso con su hermano Jack.

Pero cuando los dos se hallaban en la misma habitación, se podía decir que eran clones.

Más que las facciones de Liam, era el lenguaje corporal lo que resultaba tan parecido al de su padre. Se movía como Flynn, con la misma intensidad de propósito.

Tanto Flynn como Liam eran nerviosos, intensos, decididos. Cuando Liam quería algo, como construir un castillo o aprender a leer, iba por ello. Como su padre. Y a pesar de la leve cojera de Flynn, era evidente que seguía siendo un hombre poderoso, controlado y al mando. Estaba segura de que algún día Liam sería exactamente como él.

Se preguntó si Flynn lo vería.

Se preguntó qué veía realmente... y qué hacía allí. Conocer a su hijo, sí. Eso podía aceptarlo. Pero, ¿qué más quería?

¿Acaso querría quitarle a su hijo?

Solo por el hecho de que en ese momento vivía en un castillo no tenía por qué pensar que podía arrebatarle a su hijo.

¿O no era solo a Liam a quien tenía en mente?

El recuerdo de ese beso regresó para atormentarla. ¿La desearía de nuevo?

Claro que no. De lo contrario, y tal como le había expuesto, habría regresado mucho antes. Dios sabía que podría haberla tenido entonces.

No había sido más que un juego de poder, así de simple. Solo quería demostrar que aún podía hacerla reaccionar, que aún podía excitarla.

Y con un juramento interior, tuvo que reconocer que así era. Había estado a punto de arrebatarle la razón, de llenarla de añoranza, del mismo deseo que había sentido por él años atrás.

Pero al menos en esa ocasión había sido capaz de resistir... a duras penas. Y no permitiría que se repitiera. Ya estaba advertida. Flynn Murray le había hecho daño en una ocasión. ¡Bajo ningún concepto iba a permitir que lo hiciera otra vez.

Dio gracias al cielo de salir esa noche con Adam.

De repente su actitud tibia hacia la cita de San Valentín había experimentado un cambio definitivo. Centrarse en Adam sería mucho mejor que pasar la noche en casa pensando en Flynn.

Miró el reloj. Eran las cuatro menos cuarto. No sabía el tiempo que esperaba quedarse Flynn, y no quería seguirlos al cuarto de Liam para preguntarlo. Incluso desde la cocina podía escuchar la charla animada de Liam y las respuestas de Flynn con su voz de barítono. Dios, qué seductor era ese tono irlandés. A pesar de todo, tenía el poder de ponerle la piel de gallina.

–Adam –dijo en voz alta–. Piensa en Adam –debía prepararse para salir con Adam.

Subió las escaleras con decisión. Al final del pasillo pudo ver la habitación de Liam, a su hijo moviéndose y hablando sin parar y a Flynn sentado en la cama del pequeño.

No quería pensar en la misma frase en Flynn y en la palabra «cama».

Sacó la ropa limpia de su propia habitación y luego fue al cuarto de baño, diciendo:

—Estaré en la ducha.

Solo lo había dicho para que supieran dónde se encontraba. ¡Esperó que Flynn no lo tomara como una invitación!

Claro que no, aunque eso no evitó que se le encendiera el rostro. Se miró en el espejo.

—Para —se ordenó—. Deja de pensar en él.

Aunque era más fácil decirlo que hacerlo. Se duchó rápidamente con agua casi fría... sin querer pensar por qué de pronto le pareció una idea tan buena. Después de secarse el pelo, se puso los pantalones negros de terciopelo y el jersey rojo de cachemira que su hermana Lizzie le había regalado por navidad.

Había llevado un jersey rojo la noche en que había ido a la habitación del motel de Flynn. El recuerdo a punto estuvo de impulsarla a quitárselo y buscar otra cosa. Pero de esa manera le brindaría más poder que el que merecía.

De hecho, no se merecía ninguno.

Además, lo más probable era que él no tuviera ni la más remota idea de lo que se había puesto entonces.

Se cepilló el pelo, se pintó un poco los labios, se observó con severidad y luego abrió la puerta.

Reinaba una quietud completa. No se oía la charla ansiosa de Liam ni el deje irlandés de Flynn. La luz en la habitación de su hijo estaba apagada.

Bajó a toda velocidad. En la cocina no había nadie tampoco.

—¿Liam?

No obtuvo respuesta. Tenía cinco años y sabía que no debía jugar al escondite con ella.

Entró en el salón y allí solo encontró a Sid, el gato, durmiendo en el sofá.

No era dada al pánico. Había aprendido a no caer en él. Pero el corazón comenzó a martillearle. Regresó a la cocina.

–¡Liam! –alzó la voz.

¿Dónde estaba? Sabía que no debía ir a ninguna parte sin decírselo a ella.

En ese momento vio que no estaban ni su cazadora ni sus botas.

Y tampoco Flynn.

¡No!

¡No sería capaz de hacerlo! Él jamás...

«Te llevaré a Irlanda», había dicho. Y ella se había negado a discutir algo así.

¡No podía haberse ido llevándose al niño!

Corrió a la puerta de atrás y la abrió.

–¡Liam! –estaba desesperada al salir al porche cubierto de nieve–. ¡Liam!

–¿Qué? –la vocecilla sorprendida llegó desde el lateral de la casa. Sonó cerca y desconcertada.

El torrente de alivio le aflojó las piernas, y tuvo que agarrarse a la barandilla cuando un segundo más tarde la cabeza de Liam se asomó por el lado.

–No tienes que gritar. Estoy aquí –comentó indignado.

–Eso... veo –aún jadeaba. El corazón todavía le golpeaba el pecho con fuerza–. ¿Dónde está Flynn? ¿Dónde está tu... padre? –corrigió.

–Aquí –con la cabeza, Liam indicó el patio lateral–. Estamos construyendo un castillo –sonrió con ganas–. Como Dunmorey.

Sara aún luchaba por apaciguar su pánico cuando Flynn apareció por el lateral de la casa. Había empezado a nevar otra vez y su pelo estaba moteado con copos. Estaba atractivo y maravillosamente parecido a la primera vez que lo había visto.

Empezó a temblar.

Él la miró intensamente.

–¿Sucede algo?

–No. Es que... –respiró hondo– no me di cuenta de que habíais salido. Pensé...

Pero no podía reconocer lo que había pensado, no podía reconocer que durante una fracción de segundo, había creído que él había hecho lo más devastador de todo: llevarse a su hijo.

Movió la cabeza.

–No sabía dónde estaba. Pensé... no importa. Seguid –giró de repente y regresó al interior de la casa, aturdida, aliviada y conmocionada al mismo tiempo.

Se dejó caer en una silla de la cocina y con dedos trémulos empezó a quitarse los calcetines empapados.

La puerta de atrás se abrió y entró Flynn.

–Pensaste que me lo había llevado –expuso con mirada acusadora.

Se concentró en terminar de quitarse los calcetines antes de contestarle. Luego se puso de pie para estar a su mismo nivel.

–No sabía lo que habías hecho.

Pero no pudo negar su pánico... seguía ahí, en su voz, y tuvo la certeza de que él podía verlo en su cara.

Flynn apretó la mandíbula. Cerró la puerta a su espalda.

–Liam...

–Está construyendo la torre. Le dije que quería verla cuando hubiera terminado. Y la veré –aseveró–, pero no antes de que aclaremos esto.

Sara tragó saliva y se irguió. No le había gustado su tono.

–¿Aclarar qué? –su voz sonó más calmada, aunque deseó lo mismo para sus nervios.

–Lo que evidentemente piensas. No he venido para robarte a mi hijo.

La molestaron las palabras «mi hijo». Pero sabía que solo las había usado para establecer una verdad.

–No imaginé...

–¡Por supuesto que sí!

–De acuerdo, lo hice. ¡Pero solo porque no estaba! ¡Y tú habías dicho que te lo llevarías a Irlanda! ¿Qué se suponía que debía pensar? ¡Había terminado de ducharme y vestirme y no estabais!

–¿Qué clase de hombre crees que soy? –sus ojos parecieron un turbulento mar verde.

No aguardó que respondiera. Ni ella supo si habría podido hacerlo. De hecho, desconocía qué clase de hombre era. En una ocasión había creído saberlo, pero se había equivocado.

–Hablamos de Dunmorey –explicó él, como ante una niña no muy brillante–. Y hablamos de fuertes y de construir castillos y nevaba y decidimos que sería divertido levantar un castillo de nieve. ¿De acuerdo? No fuimos a Irlanda. Estábamos en el jardín.

Sara asintió con gesto perdido, sintiendo aún los efectos de su pánico momentáneo.

–No me lo dijiste –musitó.

–No me di cuenta de que querías que metiera la cabeza en el cuarto de baño y lo anunciara –esbozó una media sonrisa y la estudió.

Ella deseó tener puesta una armadura. Cruzó los brazos.

–¡Por supuesto que no!

Pasado un momento de silencio, él movió la cabeza con gesto grave.

–Lamento haberte inquietado. Jamás se me ocurrió decírtelo. Pensé que lo deducirías.

–Pues no. No sabía lo que harías. Ni siquiera te conozco.

–Me conocías –murmuró con voz ronca.

Volvió a hacer que se le pusiera la piel de gallina.

–No.

Pero él asintió.

–Sí, Sara –insistió–. Creo que me conocías mejor que nadie.

–Entonces, ¿por qué...? –las palabras angustiadas salieron antes de poder detenerlas. Por fortuna, logró cerrar la boca antes de parecer una mujer patética. Agradeció que el teléfono eligiera sonar en ese momento. Giró y alzó el auricular del aparato que había en la encimera–. ¿Hola?

–Oh, querida. Ya lo sabes –era Celie, con voz preocupada y de disculpas.

–¿Saber? –repitió Sara.

–Lo de Annie –Annie era su hija de cuatro años–. Pensé que lo sabías por tu tono de voz. Sonabas... rara. Aturdida. Porque no puedo hacer de canguro esta noche. Está que arde de fiebre. La enviaron a casa del parvulario. Ahora está vomitando. No querrás que Liam venga a casa esta noche.

–No, yo...

–Lo siento mucho.

–No pasa nada –dijo Sara–. Ya arreglaré algo. No te preocupes. He... de dejarte. Espero que Annie se mejore –cortó y se quedó mirando el armario un momento, recuperando el equilibrio antes de volverse. «Todo estará bien», se dijo. Simplemente, no saldría.

–¿Problemas? –preguntó Flynn cuando ella se dio la vuelta.

Sara se encogió de hombros.

–Celie iba a cuidar de Liam esta noche. Pero ya no puede.

–¿Adónde ibas?

–Una cita.

Él frunció el ceño.

–¿Con quién?

–No lo conoces. Se llama Adam. Es el capataz de uno de los ranchos cercanos. Y también es escultor –añadió. Era verdad. Había visto algunas de las obras de Adam.

Flynn apretó la mandíbula.

–¿Va en serio?

–¿Su escultura?

Él entrecerró los ojos.

–No, maldita sea. Tú y él. Adam –espetó.

Sara parpadeó.

–¿Y qué puede importarte?

–Quiero saber cómo están las cosas.

Sara pensó que no era el único. Aunque lo que ella quería saber no tenía nada que ver con Adam.

–Estamos saliendo –comentó con ambigüedad–. Y es San Valentín –añadió, pensando que no hacía ningún daño dejar que pensara que se trataba de algo más serio.

De repente, salir pareció mucho más inteligente que quedarse en casa.

–Y ahora, discúlpame –alargó la mano hacia su guía local–. He de encontrar a una canguro –alzó el auricular y comenzó a marcar.

Flynn le quitó el teléfono de la mano.

–Yo cuidaré de él.

–No seas ridículo.

–¿Qué tiene de ridículo? Es mi hijo.

–No.

–¿Por qué no?

–No te conoce.

–Quiere hacerlo. Me contó que le pidió a Santa Claus por mí –sonrió.

–Tiene cinco años. Es simple curiosidad.

–Bien. Deja que me conozca. Deja que pase tiempo con él. ¿Qué mejor manera?

A Sara le pareció el camino a la perdición.

–Es demasiado pronto.

–¿Oh? –se mostró ceñudo–. ¿Y cuándo no va a ser demasiado pronto, Sar? ¿Mañana? ¿La semana que viene? ¿El año que viene?

–¡No llevas aquí ni dos horas!

–Habría venido antes de haberlo sabido –explicó con serenidad–. Te lo repito, y lo haré las veces que sea necesario, no lo sabía. Y si te preocupa si debe quedarse conmigo, pregúntaselo.

–¿Qué?

–Pregúntale si le importa. Si no lo desea, no lo haré –enarcó las cejas–. Pregúntaselo.

En esos momentos, Liam gritó desde fuera:

–¡Papá! ¡Ven! ¿Qué haces ahí? ¿No vas a venir?

Flynn mantuvo la vista clavada en ella. Su expresión lo decía todo. Pero entonces añadió:

–¿Adam te excita cuando te besa, Sara?

–Bien –espetó–. Quédate con él. ¡Que lo paséis bien!

Capítulo 4

CUIDAR de su hijo mientras la madre salía con otro hombre no era lo que había planeado.

Había planeado seducirla y bromear con ella como había hecho en el pasado. Y luego, una vez que la hubiera calmado, había tenido la intención de llevar a Liam y a su madre a cenar.

Jamás había pensado que las defensas de Sara estarían tan elevadas, ni lo mucho que debería esforzarse para recordarle lo bien que habían estado juntos.

Dios sabía que él lo recordaba. Y con cada minuto que pasaba recordaba más.

Durante años, no se había permitido pensar en ella. ¿Qué sentido habría tenido?

Se habían conocido por coincidencia y habían conectado al instante. Pero la verdad era que habían sido barcos cruzándose en la noche... Sara de camino a la facultad de Medicina y luego a salvar el mundo y él decidido a sacudirse la tierra de Irlanda y de Dunmorey de sus botas y luego demostrarle a su padre que no era el inútil que su progenitor había creído que era.

Nunca había podido convencerlo de lo contrario.

Y con Sara le esperaba una ardua tarea para convencerla de que quería lo mejor para Liam y ella. No pensó que agarrar a ese Adam por el cuello pudiera ayudarlo mucho. Si no recordaba mal, a Sara nunca le había gustado mucho el enfoque cavernícola.

Podía esperar. Incluso podía dejarla salir con otro

hombre... en especial con uno que era claro que no la entusiasmaba. De lo contrario, no se habría enfurecido tanto con su pregunta acerca de los besos.

Pero no iba a quedarse sentado y dejar que ese sujeto pensara que tenía el terreno despejado. De modo que cuando oyó la llamada en la puerta de atrás y que Sara abría, se levantó del sofá, donde había estado mirando álbumes de fotos con Liam.

Uno momentos más tarde, ella entró en el salón. Al parecer, la Cita estaba a solas en la cocina.

–¿Ni siquiera viene a buscarte a la puerta principal? –preguntó mientras ella sacaba el abrigo del armario.

–No hay motivo. Está acostumbrado a presentarse ante la puerta trasera –dijo, dirigiéndose hacia la cocina.

¿Acostumbrado? ¿Cuántas veces se presentaba allí? Flynn apretó la mandíbula.

–Espera –dijo–. Permite que te ayude con el abrigo.

–Está bien –comenzó sin dejar de moverse, pero él se lo quitó de las manos, lo agitó levemente y lo abrió para que se lo pusiera.

Ella terminó por aceptar. Luego Flynn avanzó y se lo acomodó sobre los hombros esbeltos y captó su fragancia a sol.

Fue una mezcla embriagadora de frescura y seducción. Se preguntó si sabría lo tentador que era su olor. Inclinó la cabeza y le rozó el cabello con la nariz, posando los labios sobre su nuca.

Sara se sobresaltó y giró la cabeza para mirarlo con ojos centelleantes.

Le sonrió con expresión inocente.

–¿Qué?

Las mejillas se le habían puesto casi tan rojas como el jersey.

–Nada –musitó, frotándose la nuca–. Es que... olví-
dalo –se apartó con rapidez–. He dejado mi número de
móvil en el bloc de la cocina –indicó con frialdad–.
Puedes llamar a Celie si necesitas algo.

–Gracias –repuso con cortesía. Luego, antes de
que pudiera marcharse del salón, añadió–: Me gustaría
conocer a ese hombre.

–¿Por qué?

–Por curiosidad.

–Bueno... –titubeó.

–¿Te avergüenzas de él?

Le lanzó una mirada furiosa.

–De acuerdo, ven a conocerlo –se dirigió a Liam–.
Nada de televisión –le recordó con firmeza–. Métete
en el baño a las ocho. Te he dejado un pijama limpio
en la cama. Quiero que estés acostado a las ocho y
media.

–Lo sé –gruñó el pequeño. Luego preguntó con
tono calculador–: ¿Y si papá dice que me puedo quedar hasta más tarde?

–No lo hará –miró severamente a Flynn–. A las
ocho y media –le repitió a Liam. Se inclinó para darle
un beso, luego se irguió y miró otra vez a Flynn–. Y lo
digo en serio.

–Por supuesto –sonrió ante la mirada de suspicacia
que recibió.

Se oyó una llamada a la puerta.

Sara dio la impresión de querer quedarse a especi-
ficar mejor las cosas, pero al final movió la cabeza y
giró para atravesar la puerta de la cocina.

–Vuelvo en un segundo –le prometió Flynn a Liam
y la siguió.

–Ya estoy lista –le indicó ella al hombre que estaba
de pie junto a la puerta.

Y Flynn supo que abriría y desaparecería en la noche sin mirar atrás a menos que él dijera algo.

–Sara.

Giró con expresión irritada.

–¿Qué?

–¿No vas a presentarnos? –preguntó con suavidad. Se encogió de hombros.

–Por supuesto –abrió más la puerta y apoyó la mano en la manga de un hombre muy atractivo, con un pelo negro y lacio y ojos oscuros y penetrantes–. Adam –dijo con voz suave–, jamás adivinarás quién ha aparecido hoy. Es el padre de Liam –luego se volvió a Flynn–. Te presento a Adam Benally.

¿O sea que Adam tenía un nombre y él era simplemente «el padre de Liam»?

«No», pensó, y, esforzándose en minimizar su maldita cojera, cruzó el cuarto para reclamar la cocina como su territorio al tiempo que le ofrecía la mano al pretendiente de Sara.

–Pasa –invitó–. Soy Flynn Murray.

Los ojos del otro se abrieron un poco más y miró a Sara unos instantes antes de volver a concentrarse en Flynn. Su apretón fue más ligero, pero tenía la mano dura y callosa.

–Ya era hora –comentó con suavidad.

El reproche hizo que Flynn se pusiera rígido. Pero si ese Adam creía que iba a dar marcha atrás, no era su día de suerte.

–Lo es –convino Flynn–. Pero ya estoy aquí –«así que lárgate», tuvo ganas de decirle.

–¿Puedes creer que acaba de recibir la carta que le envié cinco años atrás hablándole de Liam? –intervino Sara con celeridad.

–No me digas –Adam se mostró escéptico.

Se mantuvo donde estaba y en silencio, con la vista clavada en los ojos de Adam, hasta que este añadió:

–Tenemos una reserva para las siete. Hemos de irnos –miró expectante a Flynn.

–Eso es lo que ha cambiado –continuó Sara–. Annie está enferma, de modo que Celie no puede hacer de canguro esta noche. Flynn se ha ofrecido a quedarse con Liam.

–¿Flynn?

–¿Te causa algún problema? –demandó este–. Liam es mi hijo.

Adam miró a Sara.

–¿Estás segura de que quieres...?

–Está segura –cortó Flynn. Era el tono de voz que hacía que la señora Upham se sobresaltara y respondiera «Sí, milord» cada vez que lo empleaba.

Adam no se sobresaltó, pero Sara sí, haciendo que los dos se movieran hacia la puerta.

–Si debemos estar allí a las siete, será mejor que nos vayamos. Tienes mi número –le dijo a Flynn–. Pero estoy segura de que no lo necesitarás.

Fue más una orden que un comentario.

Flynn lo soslayó. Los siguió hasta la puerta y los miró con ojos centelleantes mientras marchaban por el sendero hacia la furgoneta de Adam.

–¿Sara?

Ella se volvió.

Él le sonrió.

–Te estaré esperando.

No fue una velada memorable.

A pesar de que Adam era un hombre encantador, todo el tiempo estuvo recordando a Flynn, cuyas palabras reverberaban en su cerebro: «Te estaré esperando». Flynn, beso. Flynn, beso. Flynn, beso. Así una y otra vez.

Y cuando Adam bostezó y dijo que debía madrugar, estuvo lista para marcharse.

Había dejado de nevar. La noche estaba despejada

y fría cuando se dirigieron a la furgoneta. Caminaban tan juntos que sus hombros se rozaban. De haber sido Flynn, no dudó de que habrían saltado chispas.

Regresaron a Elmer en silencio. Y Sara supo que había sido un desastre como acompañante.

–Lo siento –comenzó cuando él giró en la esquina de su casa.

Adam se encogió de hombros.

–Ahora lo sabemos.

Se sintió más culpable que nunca.

La luz del porche estaba encendida. Bajó del vehículo sin esperar que Adam lo rodeara para abrirle la puerta. Él enarcó una ceja. Ella se encogió de hombros.

–Porque lo sabemos –explicó.

–¿Él y tú estáis...?

–Somos los padres de Liam. Eso es todo –afirmó Sara.

–No creo que él esté convencido –le respondió Adam.

–Pues va a tener que estarlo –lo miró–. Gracias por esta noche.

–¿Necesitas que te acompañe?

Movió la cabeza.

–No pasa nada.

Adam se mostró dubitativo.

–¿Segura?

–Sí –y entonces alzó el rostro para darle un beso en la mejilla. Como un gesto de agradecimiento, nada más.

–Cuídate –comentó él con tono hosco.

Sara asintió. El cielo sabía que lo iba a intentar.

Creía que Flynn estaría en la cocina, esperándola con una mueca burlona, riéndose entre dientes por lo temprano que había vuelto.

Pero solo la esperaba el gato. Ronroneó cuando se inclinó para rascarle las orejas.

–¿Dónde anda todo el mundo?

Empujó la puerta que daba al salón para poder colgar el abrigo en el armario y disponer de una excusa de comprobar si Flynn estaba allí. Pero también se hallaba vacío.

Después de colgar el abrigo, subió las escaleras. Arriba reinaba la oscuridad y el silencio. Solo estaban encendidas la luz de noche en el pasillo y la del cuarto de baño.

¿Se habría quedado dormido con Liam?

Se asomó al cuarto de su hijo. Como de costumbre, el pequeño estaba boca arriba con un brazo estirado y medio edredón en el suelo. Era el único allí. Con sigilo, volvió a taparlo y se inclinó para darle un beso en la frente y en el pelo.

Ceñuda, regresó al pasillo. No era posible que se hubiera marchado. ¡Flynn Murray no sería tan irresponsable!

–¿Flynn? –musitó.

Oyó un sonido. Sordo. Débil. Pasillo abajo.

–¿Flynn? –regresó hacia la escalera y volvió a oírlo.

¡De pronto se dio cuenta de dónde procedía!

¡Cómo se atrevía! Fue hacia su dormitorio y abrió.

Flynn Murray estaba tumbado en su cama, profundamente dormido.

Capítulo 5

SE detuvo en el umbral.

Sentía furia y curiosidad al mismo tiempo.

Quiso acercarse y sacudirlo hasta despertarlo y echarlo. Pero sabía muy bien que eso era lo peor que podía hacer.

Enfrentarse a un atractivo y somnoliento Flynn Murray, que ya se encontraba en su cama, era buscar el desastre. Necesitaba dar media vuelta y alejarse de allí de inmediato.

Toda célula sensata y cuerda de su cuerpo le gritaba que hiciera eso.

Pero, ¿cuándo había sido sensata y cuerda en lo que se refería a Flynn Murray?

Agarró el borde de la puerta para no moverse. Pero no la ayudó. La simple visión de Flynn la atraía.

Y tampoco esperaba nada de él. Ya había agotado los sueños de una vida entera con ese hombre. No albergaba ilusión alguna. Podía mirar con impunidad.

Bueno, quizá no con total impunidad, pero sabía que era una idiotez esperar algo... o soñar.

De hecho, podría ser saludable mirarlo. Eso podría potenciar su inmunidad hacia él, ayudarla a plantarle cara a cualquier pensamiento tentador que amenazara con socavar su determinación.

Con cuidado, se acercó. Solo para mirar. Para observar con atención las marcas que habían dejado en él esos seis años.

Y miró. Y luego se acercó aún más. Se plantó junto a la cama y se empapó con su visión. No pudo evitarlo. Había soñado con él demasiadas veces.

Se hallaba tumbado boca abajo, con un brazo extendido, el pelo revuelto y oscuro resaltando contra el blanco de la funda de la almohada. En ese instante, era menos obvia la sombra de barba en la mandíbula, pero recordó la suave aspereza contra su piel. Las yemas de sus dedos ansiaron tocarla, sentirla.

Cerró las manos como si necesitara mantenerlas bajo control.

Pero no pudo dejar de mirarlo.

Descartando a Liam, tenía tan pocos recuerdos de él... Habían pasado tres días juntos... y una noche asombrosa. Y como gran parte de esa noche la habían dedicado a hacer el amor, había dispuesto de pocas oportunidades para darse un festín visual con el hombre al que amaba.

«Amé», se corrigió. Pasado. Muy pasado. Algo que ya no sucedía.

Ya no lo amaba. No. No.

Intentó pensar en Adam, repetir mentalmente una y otra vez su nombre... pero no sirvió. Era un hombre encantador, pero no para ella. Sin duda habrían terminado por descubrirlo. La presencia de Flynn esa noche solo lo había dejado claro mucho antes.

Lo miró furiosa, odiándolo por regresar a su vida seis años más tarde y ponerle su mundo del revés.

Lo odió por estar profundamente dormido, completamente ajeno a todo... y hacer que lo deseara incluso en ese momento.

Como si fuera consciente de sus pensamientos, él suspiró y se movió... ocupando todavía más cama. El cuerpo musculoso se cruzaba sobre la cama con el mismo abandono que el de su hijo. Las facciones eran una versión adulta de las de Liam.

La asombraba que un hombre pudiera tener esos músculos escribiendo artículos. Se movió inquieto y el edredón bajó más.

¿Estaría desnudo en su cama?

Contuvo el aliento. Sintió las palmas de las manos súbitamente húmedas y el corazón le dio un vuelco. Retrocedió un paso con celeridad. Pero no huyó.

Curiosa, siguió observando.

Se advirtió de que estaba jugando con fuego. Podía despertar en cualquier momento y encontrarla allí, observándolo. Podía levantarse, hacer a un lado el edredón que lo cubría y tomarla en brazos.

¡No lo aceptaría! No. Eso esperaba.

Tragó saliva e intentó pensar con lógica. Una parte de ella quería despertarlo y decirle: «Estoy en casa. Ya puedes irte». Pero otra parte quería meterse en la cama a su lado.

No iba a hacer ninguna de las dos cosas.

Le había oído contarle a Liam que había volado de Dublín a Seattle, luego a Bozeman y desde allí había conducido hasta Elmer. No podía imaginar las horas que había estado despierto. No le extrañó que se desplomara exhausto.

¡Pero en su cama!

¿Es que esperaba que se acostara alegremente a su lado?

Probablemente. Después de todo, habría pensado que como ya habían compartido una cama antes, no representaría un gran problema. Además, esa tarde debió darse cuenta de que seguía sin ser indiferente a su beso.

Razón por la que no pensaba hacerlo.

Pero tampoco podía dejar que se marchara en coche hasta su motel en Livingston.

De modo que rodeó la cama con sigilo y sacó su camisón de franela del interior de la puerta del armario. Por desgracia, la puerta crujió a pesar de sus esfuerzos.

Ante el sonido, Flynn farfulló algo y se puso de costado. Sara contuvo el aliento, y al ver que no volvía a moverse, sacó también la bata y se marchó de puntillas.

En el cuarto de baño, se quitó la ropa y se puso el camisón. Temblaba y le habría encantado darse un baño caliente, pero el ruido que hacían las cañerías era terrible.

Sin duda despertaría a Flynn. Y no tenía ningún deseo de encararlo somnoliento y con ropa interior... si es que llevaba puesta alguna. Le recordaba demasiado a la noche en que fue a su habitación de hotel. Entonces había llevado puestos una camiseta y calzoncillos, ya que no esperaba compañía. Había parecido atónito de verla y le había dicho que era una mala idea.

Como la tonta que era, no le había creído.

En ese momento, sí lo pensaba. Se lavó los dientes y la cara con el máximo silencio posible y regresó al cuarto de Liam, donde guardaba la ropa de cama extra en un viejo baúl. Sacó una manta de varios colores que su madre había hecho antes de que ella naciera y bajó las escaleras.

Sid maulló.

—Shh —se inclinó y lo alzó en brazos. Atravesó el frío suelo de la cocina, el comedor y llegó al salón.

Allí lo depositó en el sillón, luego se acomodó en el sofá y se envolvió con la colcha. No estaba muy cómoda.

Ella medía un metro sesenta y tres y el sofá menos. Dobló las rodillas y maldijo su propia estupidez por declinar el ofrecimiento de Sloan y Polly de regalarle un sofá nuevo las Navidades pasadas.

—¿Qué diablos estás haciendo?

Se irguió como impulsada por un resorte y vio la silueta oscura de Flynn perfilada en el umbral. Agarró la colcha y la pegó como un escudo contra su pecho.

–¿Qué te parece que estoy haciendo? Irme a dormir.

–¿Aquí?

–¿Dónde, si no? ¡Tú ocupabas mi cama!

–Lo notaste, ¿verdad? –le sonrió.

Su voz reflejaba un deje de diversión, pero Sara no reía. Se sentía demasiado vulnerable.

–Lo noté –corroboró con rigidez–. Y comprendí que estarías agotado por el jet lag, así que te dejé dormir. En vez de despertarte y mandarte a tu motel –añadió justificadamente, escurriéndose hacia un rincón porque Flynn avanzaba hacia ella.

–Muy amable, no me cabe duda. Pero del todo innecesario. Ven a la cama, Sara –dijo con voz baja y ronca.

Le provocó un hormigueo por la espalda.

–Estoy en la cama –aseveró ella con firmeza.

–El sofá es demasiado corto para dormir en él.

–¿Lo has probado? –desafió.

–Cualquiera más alto que Liam no cabría. Además... –se detuvo frente a ella– quería estar en tu cama.

El corazón de Sara se desbocó. Subió más la colcha y cruzó los brazos sobre ella como si así pudiera impedir que se escapara de su pecho.

–¿Ningún comentario? –inquirió Flynn–. A mí me pareció una gran idea.

–¿Por qué? –odió el sonido jadeante de su voz.

–Porque estaba agotado –hizo una pausa–. Y porque no quería que ese vaquero se metiera en tu cama.

–¡Por el amor del cielo! ¿Pensaste que me acostaría con Adam? ¿Con Liam en la casa? –la sola idea la indignó.

–Es obvio que no. ¿Y su casa? –el tono bromista había desaparecido.

–No es asunto tuyo.

La estudió en la oscuridad, luego movió la cabeza.

–No lo harías –concluyó–. No lo has hecho –añadió con suprema satisfacción.

–¿Cómo lo sabes? –demandó indignada. Una cosa era con quién se acostaba ella y otra que Flynn se comportara como si todo fuera por él. Aunque lo fuera.

Le sonrió.

–Porque en el fondo sigues siendo la Sara que eras hace seis años.

Lo miró furiosa.

–¿Y cómo sabes eso?

Movió una mano.

–Mírate. Intentas dormir en un sofá del tamaño de una nuez. Estás sentada ahí, rígida como un atizador de chimenea, envuelta en esa colcha como si fuera una armadura. Si para ti el sexo fuera algo casual, no habrías titubeado en acostarte conmigo.

–Por el hecho de que lo hiciera una vez... –dijo con amargura.

–Me amabas.

–Sí –acordó, ya que no tenía sentido negarlo–. Más tonta fui. Además, era muy joven.

Él movió la cabeza.

–No lo eras. Eras toda una mujer, Sara.

De un modo perverso, sus palabras alimentaron una parte de ella... la de la Sara que siempre había creído que él se había marchado porque le había fallado.

Pero otra parte, la racional y sensata, sabía que no debía dejarse cautivar otra vez por ese hombre.

Una vez era todo lo que una mujer cuerda podía soportar.

–Vete, Flynn –dijo con voz cansada–. Vuelve a la

cama. Duerme un poco. O vete a Livingston si estás lo bastante despierto para conducir.

–Me quedaré, entonces –repuso sin dificultad–, ya que me has invitado.

–Yo no...

–Acabas de decir «Vuelve a la cama. Duerme un poco». Y es lo que haré –alargó una mano–. Ven conmigo.

–No.

–No puedes dormir aquí.

–Sí que puedo.

–Estarás fatal. No podrás pegar ojo acostada ahí –volvió a ofrecerle la mano–. Vamos. No te tocaré.

–¡No podrías no tocarme! La cama no es tan grande.

–Bien. Te tocaré. Pero no te haré el amor. ¿Es lo que quieres? ¿Recibirás alguna vez una oferta mejor? –preguntó con tono burlón.

No era lo que quería. Pero sabía que lo que quería, el amor eterno de Flynn Murray, nunca lo podría conseguir.

–Vete, Flynn –dijo con un nudo en la garganta.

Él permaneció donde estaba, sin marcharse. Ella experimentó la sensación aterradora de que podría alzarla en brazos y llevarla escaleras arriba. Pero una reflexión más profunda la alivió. Su pierna no se lo permitiría.

–Maldita sea, Sara –musitó.

Y esta tuvo la impresión de que ese pensamiento también le había pasado por la cabeza... igual que la comprensión de que ya no podía hacer lo que quisiera.

Pero no dio media vuelta para subir las escaleras como a Sara le habría gustado. De hecho, ninguno de los dos se movió.

El gato saltó al sofá, sobresaltándola.

–¡Oh!

Se subió a sus piernas en busca de un lugar donde dormir. Sara siguió sin moverse.

Igual que Flynn.

Pero de pronto dio media vuelta y ella suspiró aliviada... ¡hasta que se dejó caer en el sofá junto a ella!

–Bien –indicó complacido–. Nos quedaremos aquí.

Ella se arrinconó contra el apoyabrazos de su lado.

–¡Flynn, para ya! ¡No seas idiota!

Él le dedicó una sonrisa, luego estiró las piernas largas y desnudas, las cruzó a la altura de los tobillos y apoyó los brazos en el respaldo del sofá. Un animal macho marcando su territorio, una pantera de ojos verdes sintiéndose como en casa.

¡En su casa! Y Sara supo que si se movía unos simples centímetros, terminaría por apoyarse en él.

Pero Flynn no la tocó.

Había dicho que no lo haría... y así era. Quiso matarlo.

El gato ronroneó. Ellos siguieron en silencio. El único sonido era el de su respiración.

Podía sentir el calor que emanaba del cuerpo de Flynn. Así de cerca se hallaban. Tanto, que podría alargar un dedo y bajarlo por su caja torácica. O tocarle el muslo.

¡No podía permitirse pensar de esa manera!

El ronroneo de Sid se intensificó y pareció llenar toda la habitación.

Sara se preguntó si permanecerían en silencio toda la eternidad. ¿Bajaría Liam por la mañana y los encontraría tiesos como láminas de madera?

Era probable. Porque Flynn parecía decidido a ganarle por paciencia. Y hasta el momento era quien estaba más cómodo, ya que disponía de tres cuartos del sofá, aunque no los usaba.

Ella soltó un bufido exasperado.

Flynn bostezó y luego la miró.

–No soy responsable si te toco cuando me duerma
–le informó.

–Ve arriba.

–No sin ti.

–¡Por el amor del cielo! Esto es ridículo.

–Lo es –convino él con solemnidad–, ya que arriba
hay una cama agradable de tamaño razonable que espera a alguien con dos dedos de frente para usarla –
alargó la mano izquierda para rascar a Sid detrás de
las orejas, justo por encima del regazo de ella, pero
sin tocarla–. Puede que incluso a un gato, si tiene
suerte.

Sara no respiró ni se movió.

Le lanzó una mirada rápida. A la luz de la luna
pudo ver las sombras de su perfil, los planos duros y
los ángulos marcados de su cara. También la sombra
de una cicatriz en su mandíbula, que antes no había
notado.

–¿Otro disparo? –preguntó antes de poder contenerse.

Flynn alzó la mano de la cabeza de Sid y la deslizó
por el borde de su cara, asintiendo.

–Así es. Estuviste muy cerca de no volver a verme.

Fue un comentario hecho con ligereza, pero comprendió que hablaba en serio y que durante los seis
años que lo había imaginado cubriendo acontecimientos sociales, le habían sucedido cosas realmente ate-
rradoras.

–¿Por qué lo hiciste? –le preguntó, con la necesidad de saberlo. Las preguntas que no había formulado
parecieron emerger de forma espontánea.

Él se encogió de hombros.

–Porque era joven y estúpido y me consideraba in-
vencible e inmortal –respiró hondo y volvió a acari-
ciar a Sid, pero mantuvo la vista clavada en la oscuridad–. Y porque necesitaba demostrar que podía.

–No ante mí –no quería ser responsable de que hubiera podido morir.

–No ante ti –corroboró él–. Aunque sí diré que fuiste una especie de inspiración.

–Yo nunca...

–Eras tan idealista. Tan decidida. La vida no era una broma para ti.

Pero Sara sabía que lo había sido para Flynn. Era una de las cosas que tanto la habían atraído de él. Tenía energía y determinación, pero no se tomaba todo tan en serio como ella. Le había enseñado que la vida era más que deberes y resolución. También había amor.

Para lo que le había servido…

–Tú me inspiraste –le informó–. Pero era a mi padre a quien quería demostrárselo.

Pudo entender eso. Ella no siempre había mantenido una relación tan cordial con su madre. Polly siempre había sido informal, despreocupada y tranquila. Durante muchos años Sara había pensado que demasiado tranquila.

Solo después de quedarse embarazada y dar a luz comenzó a comprender que la aparente falta de preocupación de Polly no era tal cosa. Era una cuestión de dar prioridades y no obsesionarse con las personas que podían ocuparse de sí mismas.

Pero no sabía cuáles eran las discrepancias de Flynn con su padre.

A pesar de haber pasado tres días centrándose casi en exclusiva el uno en el otro, en ese momento se daba cuenta de que ella había sido el tema principal de sus conversaciones.

Y así como Flynn le había hablado de su vida, de sus filias y fobias, en ningún momento había llegado a hablar sobre su familia, aparte de mencionar a un tío que era sacerdote en Nueva York. Casi apostaría que no había mencionado a su padre.

–¿Tu padre vivía en el castillo?

–Sí. Yo crecí allí.

–Santo cielo.

Debía pensar que su casa era una choza.

Él sonrió.

–No es el típico castillo de cuento de hadas. No tiene foso, como ya le dije a Liam. Es más una fortaleza del Renacimiento. Algo parecido.

Ella no sabía muy bien qué era una fortaleza del Renacimiento. Pero sonaba ominoso.

–¿Y ahora vives allí?

Asintió.

–Sí. Como han hecho los Murray durante estos quinientos años.

–Bromeas –lo miró fijamente.

Él negó con la cabeza.

–No.

Sara se quedó atónita.

–¿Cómo es que no me lo mencionaste... la última vez? –no quería pensar en la «última vez», pero no pudo evitarlo.

Flynn se encogió de hombros.

–Porque entonces no era mi problema. Yo vivía mi vida. No tenía nada que ver conmigo. Pero al morir Will... era el heredero al título de conde –explicó–. Entonces pasó a mí.

–¿Título de conde? –repitió Sara. De pronto sintió calor y frío al mismo tiempo, y se sintió completamente desorientada.

–El conde de Dunmorey –repuso cansado, pasándose una mano por la cara–. De hecho, el noveno conde. Mi padre era el octavo. Murió el verano pasado.

Sara guardó un silencio anonadado. Nada, ¡absolutamente nada!, era tal como había imaginado que había sido. Y entonces giró hacia él indignada, sin importarle que sus rodillas le dieran en el muslo.

–Me mentiste.

–¡No!

–¡Dijiste que habías venido a los Estados Unidos en busca de tu camino!

–Y así fue. Yo no era el heredero. Tenía que abrirme mi propio camino. Se habló de que estudiara Derecho o Medicina. Algo digno –casi escupió la palabra–. Era perfecta, pero no para mí. Él no aprobaba nada de lo que yo hacía. A mí me importaba un bledo. Teníamos una pelea tras otra. Y me marché. Vine aquí en busca de mi camino, para labrarme mi propia vida.

Nunca había oído tanta emoción en las palabras de Flynn. Estaba descubriendo que no lo había llegado a conocer jamás.

–¿Y la encontraste? –preguntó al rato.

–Eso pensé. Estaba probando cuando llegué aquí. Tú representaste un reto.

–¿Yo? –repitió incrédula.

Él asintió.

–Hiciste que quisiera algo mejor. Que deseara emplear mi talento, mi escritura, pero bien. Y así lo hice, y lo sigo haciendo. Soy un escritor. Eso es lo que hago. Es como me gano la vida. Y no cambiará. Pero... –suspiró–. ahora tengo otras responsabilidades.

–¿Por ser el conde?

–Exacto.

Pronunció la palabra como si sobre su espalda llevara el peso del mundo. El Flynn despreocupado de seis años atrás había desaparecido.

Lo único que sabía en ese momento con certeza era que su actitud hacia el castillo, hacia los deberes y responsabilidades que acarreaba el título de conde, reflejaban el modo en que había sonado esa tarde al anunciar que había ido a ver a su hijo.

–Liam no es un castillo –objetó ella con obstinación.

Flynn había estado mirando al frente, pero al oírla giró la cabeza.

–¿Qué?

–Quiero decir que no es una responsabilidad que debas asumir. Una obligación. Un deber del que hay que ocuparse. Es un niño. Un niño pequeño. ¡Una persona de verdad, viva!

–¡Lo sé, maldita sea! –exclamó con voz casi enfadada.

Estaba rígido. Ella no se movió, con el rostro hacia él.

–Necesitaba... asegurarme.

–No te preocupes. Sé todo lo que hay que saber acerca de no ser persona –comentó con tono lóbrego–. Nunca tendrás que recordármelo.

Quería que se explicara. ¿Hablaba de la relación que había tenido con su padre?

Había tantas cosas sobre él que desconocía. Pero temía preguntar por miedo a querer saber más y más. Y más. Porque sabía que los sentimientos que Flynn le inspiraba la volvían vulnerable.

Y eso no había cambiado. Si no andaba con cuidado, se encontraría de vuelta en el mismo punto en el que había estado seis años atrás... enamorada de un hombre que en realidad no la amaba, que solo estaba interesado en el hijo que habían tenido.

Apretó los labios y giró la cabeza para mirar por la ventana. Más allá solo había sombras de plata y gris, nada claro. Nada definible. Como su vida. Unas simples horas atrás había sabido exactamente hacia dónde iba y lo que hacía. Y en ese momento sabía...

No sabía lo que sabía.

El silencio se prolongó... y se prolongó.

Hasta que Flynn dijo:

–No veo a Liam solo como una responsabilidad. Lo es, desde luego. Tanto mía como tuya, pero quiero más que eso.

Sara se puso rígida.

—Quiero ser un padre de verdad para él. El tipo de padre que el mío jamás fue.

—¡Vives en Irlanda! —señaló ella—. Eres un conde.

—No es culpa mía —repuso él con aspereza—, aunque mi padre quizá no estuviera de acuerdo. Y ser conde no me descalifica automáticamente como buen padre.

—¡No te lo vas a llevar a Irlanda!

—Ya te he dicho que no te lo iba a quitar. Podemos ir todos...

—¡No!

Flynn no dijo nada entonces. Se quedó en silencio. La observó en la oscuridad. Hizo que de repente tuviera ganas de llorar. Hizo que deseara... cosas que había esperado haber dejado atrás. ¿Para qué había vuelto?

Y si tenía que volver, ¿por qué en ese momento? ¿Por qué no cinco años atrás, cuando podría haber creído que la amaba? ¿O cinco años después cuando habría podido conocer a otro hombre, enamorarse, casarse, tener hijos suyos?

¿Por qué en ese momento?

—No te preocupes, Sara —musitó.

En su voz captó una ternura que le produjo aún más añoranza.

—No estoy preocupada —repuso con un nudo en la garganta—. Estoy bien.

—Claro —corroboró con suavidad, como si tratara de calmar a un potrillo nervioso.

Sara se habría encrespado, pero de repente se sintió muy cansada. Le dolían los músculos de permanecer erguida tanto tiempo, por lo que se permitió reclinarse un poco. Su espalda le tocó el brazo. Pero como Flynn no intentó rodearla con él, se quedó donde estaba.

–Vete a la cama –musitó ella.

–Cuando lo hagas tú –respondió con una sonrisa. No se movió.

Ella lo miró irritada. Flynn se encogió de hombros.

–Como quieras.

–Entonces, me quedaré aquí –dijo, tozuda.

–Igual que yo –flexionó los hombros y se acomodó.

–Lo digo en serio –expuso Sara.

–Como yo.

Pero antes de que la situación pudiera adquirir tintes más ridículos oyeron un sonido más allá de la cocina.

–¡Mamá! ¿Mamá?

La llamada asustada de Liam desde lo alto de la escalera la impulsó a ponerse de pie. Sid cayó al suelo mientras se quitaba la colcha.

–No pasa nada, Liam. Estoy abajo –llamó, subiendo a la carrera.

–¿Dónde estabas? –preguntó con voz quebrada.

–Te lo acabo de decir. Abajo –lo abrazó–. No pasa nada. ¿Has tenido un mal sueño?

El pequeño movió la cabeza.

–No. Me desperté y fui a mirar el castillo que habíamos construido... por si había sido un sueño. Pero no. Está ahí –hipó.

–Sí, lo sé –lo abrazó más fuerte.

–Y mi papá –otro hipo–. Creía haber soñado a mi papá.

–No, Liam. No lo soñaste.

–Lo... lo sé. Por el castillo y el rey –asintió–. ¿Has visto al rey?

–¿Rey?

–Te lo iba a mostrar, pero cuando fui a tu habitación, no estabas allí.

–Lo sé. Pero ahora estoy aquí.

Él se limpió la nariz con la manga del pijama.

–Bien, vamos. Te mostraré al rey. Lo puedes ver desde mi habitación –le tomó la mano y la condujo por el pasillo. Una vez dentro, abrió dos tablillas de la persiana–. ¿Lo ves?

Sara se arrodilló junto a él y miró el castillo que Flynn y él habían levantado por la tarde. En ese momento vio que delante también habían construido un muñeco de nieve.

–Un rey. ¿Lo ves? –Liam señaló–. Tiene una corona y un... un... –buscó la palabra.

–Cetro –dijo Flynn detrás de ellos.

El pequeño giró en redondo con una enorme sonrisa en la cara.

–¡Estás aquí! –exclamó feliz.

–Estoy aquí –corroboró Flynn.

El júbilo de Liam y el lazo que habían comenzado a establecer eran evidentes.

–Es hora de volver a dormir –anunció Sara con firmeza, llevándose al pequeño a la cama y arropándolo–. Si no, cuando llegue la hora de ir a la escuela estarás cansado y suplicando quedarte en la cama.

–No –Liam movió la cabeza con determinación–. Iré y les contaré que mi papá está aquí.

–Perfecto, hazlo –Sara se inclinó para darle un beso, luego se irguió y le apartó el pelo de la cara.

–Papá también –insistió Liam, alzando los brazos para un abrazo.

Flynn se inclinó incómodo por la pierna y lo abrazó, dándole también un beso.

Mirándolos, Sara sintió como una punzada en lo más hondo de su pecho. No supo muy bien la causa.

–Y ahora duérmete –dijo Flynn con voz ronca.

–¿Estarás aquí por la mañana? –quiso saber Liam.

–Estaré aquí –prometió.

Sara se acercó y se inclinó para darle un último beso a su hijo.

Al salir y pasar junto a la puerta de su habitación con la intención de seguir hasta las escaleras y bajar al salón, él la alcanzó, la tomó por el brazo, la metió en el dormitorio y cerró detrás de ambos.

–¿Qué crees que estás haciendo? –demandó ella.

–¿Quieres que se duerma? –se apoyó contra la puerta para impedirle el paso–. Entonces, métete en tu cama. Si vuelves abajo, se va a preguntar lo que está pasando.

Abrió la boca para discutir, pero supo que era verdad. Si bajaba, Liam se levantaría de la cama, iría tras ella y percibiría que algo no marchaba bien.

En el mundo de Liam, las madres y los padres compartían las camas. Los abuelos lo hacían. Los tíos Celie y Jace también.

¿Por qué no iba a hacerlo ella con Flynn?

Suspiró, sintiéndose atrapada.

–No pasará nada. Si quieres, incluso me iré abajo –le dijo Flynn–. En cuanto se haya quedado dormido.

Sara titubeó, temblando, aunque no supo si era por el frío o alguna otra cosa.

Flynn lo notó.

–Vamos, Sar, te estás helando –se apartó de la puerta y la condujo hacia atrás hasta que la parte posterior de sus rodillas chocaron contra el colchón y se sentó bruscamente en la cama. Flynn se sentó a su lado y le tomó los dedos trémulos entre las manos–. Métete entre las sábanas.

–Yo no... –comenzó.

Pero no la dejó acabar la frase. Le levantó las piernas y la acomodó debajo de las mantas, luego se tumbó a su lado, acomodó la espalda de ella contra su cuerpo y le ciñó la cintura con un brazo para pegarla con fuerza contra él.

–Ya –musitó.

Tenía la boca tan cerca que la palabra le agitó el vello de la nuca.

—Dijiste que no me ibas a tocar —gruñó Sara.

—Y tú que no podría evitarlo. Tenías razón —se arrebujó más contra ella—. Y ahora cállate y duerme.

—No puedo.

—Entonces, cállate y déjame dormir.

Lo sintió acomodarse.

—Flynn...

—Shh —suspiró él. Su respiración se tornó acompasada.

Sara se quedó ahí, tensa y trémula. Llena de incredulidad. ¿Estaba en la cama con Flynn Murray?

¿Dormir? Claro. Se quedó rígida e inmóvil.

—Sara —le hizo cosquillas en la oreja con los labios—. Relájate.

Como si pudiera. Aunque era imposible que se mantuviera rígida como un mástil para siempre. Inconscientemente, sus músculos empezaron a soltarse.

—Mejor —suspiró él.

El brazo que tenía sobre su cintura se aflojó y abrió los dedos. Sin embargo, en todo momento ese cuerpo duro estuvo pegado al suyo, proyectando calor y tentación.

Se dijo que en cualquier instante él se lanzaría. Le mordisquearía el lóbulo de la oreja. Curvaría la mano de forma posesiva sobre su vientre o la subiría para rozarle los pechos. La tocaría. La atormentaría.

Pero estaba decidida a resistir. ¡Resistiría!

Y entonces Flynn emitió un sonido suave y leve. Y luego otro.

Estaba dormido.

No había dormido tan bien en años.

Suspiró y se estiró, dándose lentamente la vuelta,

disfrutando de la sensación de unas sábanas suaves y un colchón cómodo. No sabía dónde estaba, solo que se sentía mejor que en... una eternidad.

No estaba en Dunmorey.

Lo supo sin abrir los ojos.

Tampoco en uno de los miles de hoteles, hostales o sucios refugios en los que había vivido en busca de una historia. La sensación de urgencia inminente siempre lo hacía saltar de la cama casi antes de haber abierto los ojos.

Se sentía en casa. Centrado.

Y como si alguien lo observara.

Unos ojos verdes se clavaron en los suyos.

–¿Will? –graznó, y al instante comprendió su error, y al unísono sintió el dolor de la pérdida y el gozo de comprender quién era–. Hola, Liam.

Su hijo.

Liam le dedicó una amplia sonrisa.

–¡Lo sabía! Sabía que estarías despierto. Le dije a mamá que te despertarías antes de que me fuera a la escuela. ¡Y me voy en diez minutos, así que date prisa!

Antes de poder responder, Flynn oyó unos pasos subiendo la escalera.

–¡Lewis William McMaster! Será mejor que no... –Sara se detuvo en la puerta. Después de mirar a su hijo, sus ojos se encontraron con los de Flynn.

Él le sonrió, dándose cuenta de por qué se sentía tan bien.

Sara tenía las mejillas sonrosadas y el cabello revuelto. Llevaba unos vaqueros y un jersey, pero recordó sus curvas y su suavidad bajo el fino algodón del camisón.

La verdad era que recordaba mucho más que eso de seis años atrás. Y sabía que lo quería otra vez. Que quería a Sara otra vez. Mucho.

Pero lo mejor era que no pensara en eso si quería salir pronto de la cama.

–Liam, te dije...

–Estaba despierto, mamá –protestó el pequeño–. Yo no lo desperté. ¿Verdad? –miró a Flynn con expresión de súplica.

Flynn movió la cabeza sin apartar la vista de Sara.

–No me despertó.

–Pero tiene que levantarse –indicó Liam con urgencia–, o no podrá ir a la escuela conmigo.

–No seas ridículo. No necesita ir contigo –miró a Liam furiosa, con las manos en las caderas.

A Flynn le pareció que estaba preciosa.

–Es el día de mostrar lo que hemos hecho y de explicarlo –chilló Liam–. ¡No pienso llevar el estúpido camión que construí con el Legos cuando tengo un papá que nadie ha visto!

–Iré con él –fue a apartar las mantas, pero luego se lo pensó mejor–. Ahora baja con mamá –le dijo a Liam–. Deja que me vista. Supongo que no tendrás una maquinilla de afeitar, ¿verdad?

–Hay desechables en el cajón del armario del cuarto de baño. Y también cepillos de dientes.

No lo miró y tampoco pareció complacida.

No le importó. Porque en ese instante él se dio cuenta de que quería formar parte de esa familia. Sí, quería a Sara en su cama. Pero también mucho más.

La quería en su vida.

Capítulo 6

NO había justicia en el mundo.

Flynn Murray, incluso sin afeitar y con el pelo revuelto, parecía descansado; mientras ella, como con arena en los ojos y sin haber descansado ni un ápice, sentía como si un quitanieves le hubiera pasado por encima.

Flynn podía haber tenido suficiente jet lag como para caer muerto. Pero ella no había sido tan afortunada.

Y justo cuando creía que iba a quedarse dormida, despertó, porque aunque Flynn se hallaba profundamente dormido, se había puesto boca arriba y la había arrastrado consigo.

En ese momento se encontró encima de él, con la mejilla pegada al pecho, mientras sentía su brazo sobre la espalda.

Igual que la última vez.

Igual que la noche en que habían hecho el amor. La última vez que la había tomado, Flynn la había colocado encima de él y la había animado a llevar la iniciativa. «Es tu turno», había dicho con esa voz suave y sexy. «Haz lo que quieras, Sar».

Y lo había hecho. Había explorado su cuerpo, había tocado y probado, había aprendido qué hacía que cerrara las manos sobre las sábanas, qué le hacía arquear la espalda, apretar los dientes y decir: «Maldita sea, Sara, me estás matando», antes de que ella le poseyera.

Entonces, él había alcanzado el éxtasis... y ella con él. Y se había quedado dormida sobre su pecho, acunada en la calidez de sus brazos.

Y en ese momento lo recordó con tanta intensidad que sintió como si el corazón fuera a salírsele del pecho. Recordaba lo maravilloso que había sido. Y lo vacía y fría que se había sentido después de que él se hubiera marchado.

Por fortuna, ya no era la tonta que había sido con diecinueve años. Había mostrado, si no la sangre fría que habría deseado, sí una actitud de cortés desdén. No importaba que hubiera pasado la noche en sus brazos.

No había sucedido nada.

Y no sucedería nada.

Y si se había llevado a Liam abajo con rapidez no era porque le tuviera miedo a sus sentimientos, sino porque Liam necesitaba vestirse.

—Todo listo —la voz de Flynn sonó alegre y relajada.

Volviéndose, vio que llevaba puestos los mismos vaqueros, camisa y jersey que había lucido el día anterior. Como no había ido a buscar su equipaje, no le quedaba otra alternativa. Pero llevaba el pelo rebelde húmedo y peinado, aunque la mandíbula aún se veía con una sombra, lo que le daba un aire de sensualidad pirata.

Sara hizo una mueca.

Malinterpretando su expresión, Flynn se pasó una mano por la cara.

—Lo sé. Encontré las maquinillas, pero no tuve tiempo. Me afeitaré cuando vuelva. A los chicos no les importará.

«Y la profesora babeará sobre tus zapatos», pensó

ella, apretando el estropajo con el que había estado fregando los cuencos del desayuno. ¡Y cuando se enteraran de que era un conde!

–No es necesario que vayas con él.

Pero él sonreía y parecía disfrutar con la idea.

–Claro que sí. ¿Cuántos chicos tienen la oportunidad de presentar a sus padres perdidos?

«Probablemente, le encante», pensó Sara. Nunca le había importado estar en el candelero. Ni aunque ello removiera el interés por su pecado juvenil. Después de todo, no tendría que vivir allí.

Se puso la cazadora mientras Liam saltaba de un pie a otro con jubilosa expectación.

–Volveré en un rato –dijo, abriendo la puerta.

Liam le dio un beso sonoro y corrió delante de él.

–¡Adiós, mamá!

–Adiós.

–Adiós, Sar. *Slán leat*.

Era «adiós» en irlandés. Se lo había enseñado hacía seis años. Como la boba que había sido, no pensó que entonces él se lo dijera en sentido literal.

–Adiós –dijo con tono hosco, centrándose otra vez en los platos, deseando que se fuera.

Pero en vez de hacerlo, cruzó el cuarto, la apartó del fregadero y la tomó en brazos.

–¡Flynn! –protestó.

–Sara –murmuró con una sonrisa perversa.

Y entonces bajó la boca y la besó con gran entusiasmo.

El cerebro le dio vueltas. Su cuerpo se derritió. Su cordura se dispersó. Se aferró a él, todo su control fragmentado. ¡No era justo!

¿Qué intentaba hacerle?

–¡Papá! ¡Vamos! –la voz de Liam llegó desde el exterior, impaciente ya.

Y cuando el beso continuó, la puerta se abrió.

Sara abrió los ojos y vio a Liam mirándolos asombrado desde el umbral. Tenía los ojos como platos. La boca como una O. Y entonces sonrió.

–Vaya –murmuró–. Oh, vaya.

«¡Oh, no!», pensó ella.

Logró escurrirse del abrazo de Flynn. El corazón le latía con fuerza. Tenía el rostro encendido. Estaba furiosa mientras Flynn exhibía una sonrisa de oreja a oreja.

–Te he echado de menos, Sara –afirmó.

Ella movió la cabeza con decisión.

–¡Yo no! Y no quiero darle ideas raras a Liam –añadió con los dientes apretados.

Aunque un vistazo a su hijo le reveló que ya era demasiado tarde para eso. Casi podía ver cómo giraban los engranajes en la cabeza de Liam.

Y cuando Flynn siguió al pequeño fuera, oyó que este decía:

–¿Eso quiere decir que te vas a casar con mamá?

Flynn llegó a la conclusión de que las grandes mentes piensan de forma similar.

Casarse con Sara era la mejor idea que había tenido en siglos. Y el hecho de que también la tuviera Liam, y que evidentemente estuviera a favor de ello, tal como habían hablado de camino a la escuela, hacía que la considerara una genialidad.

No le había dicho eso al pequeño; solo le había preguntado qué le parecía.

Liam le contestó que le gustaría tener un padre. Alguien con quien construir fuertes y castillos de nieve. Y que evitara que su madre se sintiera sola.

–¿Se siente sola? –le preguntó.

–No cuando yo estoy en casa. Pero no puedo estar en casa todo el tiempo. A veces juego con mis amigos.

Y voy a dormir a sus casas. Entonces se siente sola. Dice que con Sid, el gato, le basta, pero yo no lo creo.

Supo que él quería hacerla ronronear.

—Si os casáis, podrías quedarte en casa con ella —dijo Liam mientras subían los escalones de la escuela—. Y —añadió esperanzado— tal vez podríamos visitar Dunmorey.

A Flynn le pareció una buena idea.

Desde luego, quedarse por la noche en casa con Sara no sería una penalidad. Ni tampoco construir fuertes y castillos de nieve con su hijo. Había disfrutado mucho del tiempo pasado hasta el momento con Liam.

¿Y Sara? Bueno, no habían dispuesto de mucho tiempo... aunque jamás lo habían tenido. No obstante, podían empezar. Era la madre de su hijo. Y a pesar de la resistencia que mostraba, no le cabía ninguna duda de que debajo de toda esa dura fachada seguía estando la Sara de siempre. ¡De hecho, besaba como esa Sara!

—Hablaremos del asunto —le había prometido a Liam antes de seguirlo al interior de la escuela.

Sara tenía las cuentas de la escuela de rodeo de Taggart Jones y Noah Tanner desplegadas por toda la mesa de la cocina. Las había extendido nada más cerrarse la puerta a espaldas de Flynn y Liam.

Se negó a pensar en el beso que le había dado él. Ese era su horario de trabajo. Tenía cosas que hacer, cuentas que cerrar. Ya había perdido el día anterior. Necesitaba centrarse.

Pero no había logrado gran cosa en la hora y media que llevaba sola cuando oyó la puerta y Flynn apareció en el cuarto.

Sonreía ampliamente y se le veía muy satisfecho consigo mismo.

–He sido un éxito en la clase del parvulario –anunció.

–Seguro –musitó, decidida a no prestarle atención. De esa manera, la dejaría en paz y se marcharía.

Volvió a sumar los números que iba introduciendo en la calculadora. Sabía que tendría que repetirlo más tarde, ya que su cerebro se volvía demasiado irresponsable en compañía de Flynn.

–Fue divertido. Pude mostrarles dónde está Irlanda en el mapa y señalar el emplazamiento de Dunmorey –continuó alegre–. Quedaron impresionados con el castillo.

Sara se encogió de hombros.

–Estoy trabajando –le informó por si no le había quedado del todo claro.

–Puedo verlo –indicó con solemnidad.

Ella lo miró rápidamente a los ojos y vio un destello divertido.

–Me estás molestando –afirmó.

–¿Sí? Bien –y en vez de disculparse e irse, se quitó la cazadora, la dejó sobre la encimera y le sonrió.

–No, no está bien –contradijo con voz cortante–. Tengo trabajo que hacer.

–Puedo esperar. Iré al coche a traer mi ordenador portátil.

–¡No!

–Bueno, si estás ocupada...

–De acuerdo, bueno –dijo–. No podré acabar nada contigo aquí.

–Bien, hablemos.

–¿Sobre qué? ¿Liam?

–Liam –confirmó Flynn–. Y otras cosas –fue a agarrar una de las sillas de la cocina, pero cambió de opinión. Le agarró la mano y la puso de pie.

Sara trató de liberarse, pero él no la soltó. La condujo hacia el salón.

–¿Qué otra cosas? –demandó.

–De nosotros –la rodeó con los brazos.

Sara sintió un nudo en el estómago. Trató de apartarse, pero sin éxito.

–¡No hay ningún «nosotros»! –protestó.

–¿De verdad, Sara, *a stór*? –la taladró con la mirada.

Los labios de Flynn estaban a una fracción de los suyos. Instintivamente, se los humedeció.

Pero él no la besó. La guio al sofá en el que se habían sentado la noche anterior.

Cuando él se volvió, aprovechó la pierna mala de Flynn y su desequilibrio momentáneo para rodearlo e ir a ocupar la vieja mecedora.

Pero él era más rápido que lo que había pensado y la recuperó, haciendo que ambos cayeran en el sofá, con Sara encima, mirando directamente esos ojos hipnóticos que la contemplaron con expresión sexy.

Ella trató de erguirse, pero Flynn la aferró por la mano. Si no podía retroceder hacia la mecedora, al menos logró repetir la posición que había tenido la noche anterior. Y entonces le contestó la pregunta:

–No –negó con vehemencia–. ¡No hay ningún nosotros!

–¿Y los besos? –ladeó la cabeza, con los dedos aún entrelazados con los de Sara.

Ella los liberó y encorvó los hombros, mirando a otro lado.

–Nada importante.

–Mentirosa –desafió con voz suave–. Son muy importantes. ¿Quieres que te lo demuestre?

Lo miró furiosa.

–No, no necesito que lo hagas. ¿Qué quieres que diga? ¿Que eres capaz de derretirme? ¿Que me fundo en tus brazos? –incluso en ese instante, tan cerca de él, su cuerpo quería cosas a las que su cerebro se resistía.

Flynn sonrió.

—Bueno, no me molestaría oírlo.

—Considéralo dicho –espetó–. Pero eso no cambia nada, Flynn. No importa. Fue algo breve. Absurdo. Que se acabó.

—No se acabó –la sonrisa había desaparecido–. ¿Por qué luchas contra ello, Sar? –se acercó–. ¿Por qué luchas contra mí?

—¡Porque no confío en ti! No te conozco. Creía conocerte... creía que eras la única persona en el mundo que me entendía, con la que podía contar... ¡y me equivoqué!

Ya estaba. Él lo había preguntado y ella se lo había contado.

No podía ser más clara. Le oyó soltar un suspiro ronco.

—Quizá me equivoqué yo –musitó Flynn.

Sus palabras hicieron que lo mirara. ¿En qué se había equivocado? No podía preguntárselo. Esperó que se lo explicara.

Él guardó silencio unos momentos. Luego habló con rapidez.

—Hice lo que consideré mejor, Sar. Quizá me equivoqué. Es evidente que tú lo creíste. Ya no puedo modificar eso. Pero ahora puedo hacer algo.

—¿Qué quieres decir? –ladeó la cabeza.

—Estás molesta porque no estuve a tu lado entonces. Es justo. Ahora puedo estarlo. Lo estaré –corrigió.

Solo pudo mirarlo fijamente.

Flynn asintió, como si hubiera tomado una decisión, luego le sonrió, seguro ya.

—Podemos unirnos.

—¿Qué?

—Casarnos.

—No seas ridículo. Tú no quieres casarte conmigo.

–Sí quiero.

Sonó tan parecido a los votos matrimoniales, que Sara quiso taparse los oídos.

–¡No, no quieres! Quieres a Liam. Y Liam cree que deberías casarte conmigo.

–De hecho, sí lo cree –le sonrió como si la sugerencia de Liam fuera perfectamente razonable.

–¡Tiene cinco años, Flynn! ¡Uno no deja que un niño de cinco años le diga que se case! –se levantó y plantó las manos en las caderas, mirándolo indignada.

–No lo hago solo por él –protestó, poniéndose también de pie.

–Supongo que imaginas que también lo haces por mí, ¿no? –espetó ella.

–Sería bueno para todos. No somos indiferentes el uno para el otro, Sara.

Desde luego que lo eran. Quería matarlo.

Respiró hondo y trató de calmarse. Cuando supo que era lo más cerca que llegaría a estar de la «indiferencia», movió despacio la cabeza.

–No –afirmó–. Gracias. Muchas gracias por tu elocuente proposición. Pero no me casaré contigo.

Flynn pensó que para un hombre que se ganaba la vida con las palabras, no había sabido elegir las apropiadas para proponerle matrimonio.

De pie bajo la nieve, trataba de pensar en alguna manera de arreglarlo.

No podía proclamar un amor eterno cuando apenas había pasado un día desde su regreso.

Pero, aparte de Liam, había algo entre ellos.

Lo había sentido hacía seis años cuando Sara lo había dejado sin aliento. Y lo sentía en ese momento. En el pasado, había sido demasiado estúpido como para reconocerlo.

Quiso ser sincero consigo mismo y se dijo que tal
vez había tenido miedo. Tal vez había usado los objetivos decididos de Sara como un motivo para marcharse.
Pero aunque hubiera querido casarse con ella entonces,
la verdad era que no había tenido mucho que ofrecerle... una naciente carrera en periodismo a punto de dar
un giro hacia el peligro. Una vida de viajes, allí donde
lo llevaran sus historias. Había sido un hombre en
constante movimiento sin un sitio al que llamar hogar.

Y Sara había querido un hogar. Tal vez no lo supiera entonces, y quizá él no hubiera sido capaz de verba-
lizarlo, pero era verdad.

A pesar de lo distinta que ella había sido de su familia, de su asombrosa madre, de su dura y cariñosa
abuela y de sus locos hermanos, formaba parte de toda
esa cálida estirpe. La sustentaba y apoyaba. Quizá a
veces llevaba una vida diferente de la de ellos, pero la
convertían en quien era.

Así como Dunmorey lo había convertido en quien
era él... un hombre en constante movimiento, que había comenzado rechazando las expectativas con las
que no podía vivir, y en ese momento un hombre decidido a demostrar que su padre se equivocaba.

Pero también era más que eso. Era un hombre con
un hijo del que quería ser padre.

Y un hombre que no había sabido hacer una proposición de matrimonio a la mujer que se había abierto
paso hasta su corazón.

¿Qué corazón?

Era bien conocido en los círculos periodísticos por
llegar hasta el fondo de sus historias... al tiempo que
personalmente mantenía a todo el mundo a distancia.
Se preguntó por qué no iba a hacerlo. Después de
todo, cuando las primeras experiencias que podías recordar eran de tu padre diciéndote que no dabas la talla, uno aprendía a no preocuparse.

–Pero puedo hacerlo bien –le dijo con furia a su padre, a sí mismo y a cualquiera que pudiera pasar ante el jardín cubierto de nieve de Sara. No había querido casarse. Había descartado los intentos decididos de su madre de conseguirle una esposa apropiada... aunque eso nunca la detenía.

–No me interesa –le había dicho.

–Te interesará –respondía ella–, cuando se presente la mujer adecuada.

Pues ya lo había hecho. Era Sara.

Y no pensaba volver a alejarse de lo único bueno que le había pasado en la vida.

Eso debería haber sido el fin.

Pero aunque Sara había realizado su dramática retirada, Flynn no se marchó. Al verlo salir, se atrevió a albergar una esperanza. Pero al asomarse por entre las cortinas de la cocina, lo vio en el jardín, dando vueltas con las manos en los bolsillos. Que el cielo la ayudara, pero aún parecía el hombre más sexy del planeta.

No tenía remedio.

–Vete –le dijo, a pesar de saber que no podía oírla. Sid se acercó para frotar la cabeza contra su pantorrilla–. Quería casarse conmigo –le informó al gato–. Porque no somos indiferentes el uno hacia el otro.

No sabía si reír o llorar. De modo que hizo lo que su madre le habría sugerido de estar allí... se puso a trabajar.

Flynn regresó cuando Liam volvió del parvulario. No sabía adónde había ido durante ese tiempo. Tampoco le importaba.

Deseó que ya se hubiera marchado, pero supuso

que era lógico que esperara hasta que Liam volviera. Necesitaba explicarle al pequeño que debía irse.

Pero cuando Liam dejó su mochila en la silla y la abrazó, no se le veía abatido por la marcha de su padre. De hecho, le dijo que quería llevar a Flynn con los abuelos para que viera su potrillo.

–¿Qué? –aún lo rodeaba con los brazos, pero miró por encima de su cabeza a Flynn, de pie junto a la puerta–. Te vas a ir –dijo.

–Solo a ver a la abuela –indicó Liam, apartándose para corregirla–. A ver a Blaze. Papá me ha contado que su hermano ha comprado un caballo. Un semental –miró a su padre para asegurarse de que había dicho bien la palabra.

Flynn asintió. Se apoyó en el mostrador, relajado. Desde luego, no daba la impresión de haberle pedido matrimonio hacía poco... y haber sido rechazado.

–Pensé que te ibas –dijo ella.

–Solo a la casa de la abuela –insistió Liam, como si no pudiera creer que su madre fuera tan obtusa.

–No me voy –informó Flynn, y la miró con ojos claros, directos y decididos.

Sara se dijo que eso no significaba nada, más allá del hecho de que se quedaba para pasar un tiempo con Liam. Nada que ver con ella.

–Bien –comentó con indiferencia–. Ve. Pero no... –miró a Liam–... comas tanto como para perder las ganas de cenar.

No quería a Flynn allí. No quería que estableciera algún tipo de contacto con su familia. Pero no veía ninguna manera de impedirlo después de la petición de Liam. De modo que nada más marcharse, llamó a su abuela para informarla de que iban hacia allí.

–¿Ha vuelto? –preguntó Joyce.

–Solo para ver a Liam –insistió Sara. No tenía intención de mencionar la proposición–. Quiere ser un padre para su hijo.

–Ya era hora –bufó Joyce.

–Sí, bueno, al parecer no lo sabía –le repitió la historia de la carta siguiéndolo por todo el mundo.

–Sí tú lo dices.

–Es verdad –Sara no lo dudó en ningún momento–. Y creo que él es bueno para Liam.

–Más le vale –amenazó Joyce–, o lamentará haber vuelto. ¿Y qué me dices de ti, Sara? ¿Es bueno para ti?

–Yo estoy bien –mintió.

–¿Qué puedo hacer por ti, pequeña? –preguntó su abuela, a quien no había logrado engañar.

–Sé cortés. Y, por el bien de Liam, deberías impedir que Walt le pegue un tiro.

Casi tuvo éxito en quitárselo de la cabeza mientras Liam y él se hallaban en el rancho.

Pero su abuela la llamó cuando se marcharon y le dijo:

–Había olvidado lo encantador que puede ser ese hombre.

No era lo que Sara quería oír.

–No me digas que se te declaró –comentó con ligereza.

–Yo estoy casada –le recordó, y luego preguntó con suspicacia–: ¿Es que te hizo una proposición a ti?

No le contestó a eso.

–¿Ha visto a Blaze? ¿Qué ha pensado del potro?

Su abuela mordió el cebo.

–Oh, sí. Blaze se comportó muy bien. Flynn se quedó impresionado. También está impresionado con su hijo.

–Liam es mío.

–Claro que lo es, cariño –convino Joyce–. Y él lo sabe. Dice que has hecho un trabajo maravilloso con el pequeño. Solo ha tenido buenas palabras para ti.

–Que amable –soltó con los dientes apretados.

Su abuela rio.

–Creo que se sentía impactado.

–Solo se mostraba cortés –afirmó Sara–. Tengo trabajo que acabar antes de que regresen –le dijo a Joyce–. Será mejor que me ponga manos a la obra. A propósito, ¿mencionó cuándo se iba a marchar?

–No. ¿Es que se va a ir?

–Por supuesto.

O al menos eso esperaba.

Pero no dio señales de ello. Al regresar entró con Liam. Se quitó la cazadora y las botas y, cuando a regañadientes Sara le ofreció una taza de café, aceptó.

–¿El Busy Bee sigue siendo el único sitio donde comer en la ciudad? –preguntó él. Sara asintió–. Entonces, vayamos a cenar.

–¡Sí, vayamos! –exclamó Liam encantado.

–Liam y tú podéis...

–Los tres –afirmó Flynn.

Lo miró furiosa. Él le devolvió la mirada con expresión impasible, a la espera de su respuesta.

Irritada, Sara se encogió de hombros.

–De acuerdo. Pero ahora marchaos. Tengo trabajo.

Liam y él fueron arriba. Pudo oírlos charlar.

Trató de trabajar. Pronunciando las cifras en voz alta mientras las introducía en la calculadora, logró mantenerse centrada. Pero casi fue un alivio cuando una hora más tarde Liam bajó por la escalera y entró en la cocina.

–Papá y yo nos morimos de hambre.

Fueron al Busy Bee. Como siempre, estaba lleno de clientes, la mayoría conocidos.

Si antes de la cena todo el mundo en Elmer no sabía que Flynn Murray había vuelto, al final de la cena Sara tuvo la certeza de que su presencia era de dominio público. Y al parecer todos lo recordaban de cuando había ido a cubrir la noticia del vaquero. Aunque ella sabía que lo que recordaban era que atrás había dejado a un hijo.

Todo el mundo pasó por su mesa para saludar, para estudiarlo y escuchar de boca de Liam: «Es mi papá».

Y Flynn los cautivó a todos. Les estrechó las manos, preguntó por sus familias, su ganado, el tiempo, charlando relajado en todo momento, con una mano en el hombro de Liam y la rodilla pegada contra la de ella por debajo de la mesa.

—Nos alegra que hayas vuelto –dijeron todos, de un modo u otro–. Un niño necesita a su padre.

—Así es –convino Flynn–. Y yo necesito a mi hijo.

—Y Sara necesita... –comenzaron varios.

Por suerte, ella siempre lograba cortar esas sugerencias antes de que salieran de la boca de alguien. Nunca en la vida había interrumpido a tanta gente.

—Ha sido un placer veros –decía ella con determinación y miraba hacia la puerta.

—Ah, sí –respondían, asintiendo.

Y Sara comprendió que estaba dando la impresión equivocada.

En el momento de llegar a los postres, tuvo la certeza de que si Flynn se hubiera presentado a alcalde, habría ganado.

Al regresar a casa, se sentía agotada.

—No sé qué crees que estás haciendo –lo encaró un segundo después de haber enviado a Liam a darse una ducha.

—¿No? –sonó sorprendido–. Te estoy cortejando.

–¿Qué? –lo miró incrédula.

–Cortejando. ¿No usan ese término en los Estados Unidos? Es cuando te invito a salir, te compro flores y...

–¡Sé lo que significa! ¡Para ya!

Él movió la cabeza.

–Lo estropeé esta tarde, Sara. No pienso estropearlo otra vez.

–¡No habrá otra vez!

Él simplemente la miró, y Sara supo que no le creía ni una palabra.

–No vas a pasar la noche aquí –le informó.

Flynn enarcó una ceja, como si evaluara si hablaba en serio o no.

–Puedes quedarte y despedirte de Liam. Luego te marchas. Promételo.

La estudió largo rato. Al parecer, debió de llegar a la conclusión de que iba bastante en serio, porque luego asintió.

–Si eso es lo que crees que necesitas, Sara.

No lo creía, lo sabía.

–Es como están las cosas –espetó, y subió con celeridad para comprobar cómo iba Liam con su baño.

Cuando terminó y estuvo acostado, Flynn se sentó a su lado y le contó una historia sobre el castillo de Dunmorey y un conde al que apuñalaron por defenderlo de los malos.

–Ganó, ¿verdad? –los ojos de Liam brillaron–. No murió, ¿verdad?

–Claro que ganó. Por eso aún tenemos el castillo. Y llegó a viejo. Murió en la cama con las botas puestas.

Liam rio entre dientes.

–¿Cómo es que tenía las botas puestas?

Flynn se encogió de hombros con expresión astuta.

–Probablemente, porque el lugar estaba inundado hasta las rodillas.

–¿En serio? –Liam abrió mucho los ojos–. Pero creía que habías dicho que no tenía foso.

–Y no lo hay. Pero el tejado tiene goteras. Aunque, para ser justos, no creo que las tuviera en esa época.

–Suena muy bien. Quiero verlo.

–¡Liam! –exclamó Sara–. Es hora de dormir –y no de hablar acerca de ver castillos.

–Pero...

–Con el tiempo –prometió Flynn. Sus ojos se encontraron con los de Sara–. Tu madre tiene razón. Es hora de dormirse –se levantó y se inclinó con incomodidad para darle un beso a su hijo–. Duerme.

–Pero...

–Duerme –repitió él con firmeza antes de que Sara pudiera hacerlo.

Irritada por que Liam obedeciera sin rechistar, cuando sabía que con ella habría discutido, se inclinó, le dio un beso de buenas noches y esperó que Flynn la precediera hacia la puerta.

–Debes irte ahora –le dijo cuando bajaron–. Me queda trabajo –él martilleó con los dedos sobre la encimera, como decidiendo si se iba–. Lo prometiste –en sus ojos había una mirada de decidida seducción. Sabía que, si iba al salón y se sentaba en el sofá, no podría echarlo.

Finalmente, él se encogió de hombros.

–Lo que tú digas, Sar –recogió la cazadora del gancho de la puerta y se la puso–. Te veré por la mañana.

Ella movió la cabeza.

–No. Tengo trabajo. Y Liam estará en la escuela.

–Los dos podemos trabajar.

–¿Haciendo qué? –bufó.

–Mi libro. Los asuntos del castillo –se encogió de hombros–. Tengo mucho que hacer–. No pertenezco a los ricos ociosos, créeme.

–Tienes un castillo.

Él rio sin humor.

–No es exactamente algo que dé dinero. Es más una responsabilidad.

–Como Liam.

–En absoluto como Liam –se acercó, taladrándola con la mirada.

Sara retrocedió un paso. Pero demasiado tarde. Flynn la rodeó con los brazos y la pegó contra él.

–¡Flynn!

–Me iré –le dijo–. Pero todavía no. Te estoy cortejando –inclinó la cabeza y le rozó la boca con los labios.

Sara se quedó quieta. Resistió. Luchó contra su contacto, contra su sabor con toda la determinación de la que pudo hacer acopio.

No funcionó. Su beso irradiaba una persuasión gentil. No exigía ni afirmaba. Preguntaba. Prometía.

La besó con ardor, con pasión, como si dispusiera de todo el tiempo del mundo.

Y ella se afanó en permanecer indiferente. Pero no fue capaz.

El beso continuó. Le acarició levemente los labios con la lengua. Le dio besos etéreos sobre las mejillas, los párpados, la mandíbula. Su aliento la acarició, la debilitó, le destrozó la decisión.

No podía darle la espalda a la oleada de emociones que durante seis años había tratado de fingir que no existían.

No pudo evitarlo y le devolvió el beso.

Comprendió que ella misma era su peor enemiga.

Abrió los labios bajo la tentadora presión. Le dio la bienvenida al mordisqueo de sus dientes, al contacto de su lengua. Suspiró y lo oyó gemir, sintió el calor de su cuerpo al pegarse a ella. Atrapada entre Flynn y la puerta, debería haberlo empujado. Pero nada en ella deseaba hacerlo.

Necesitaba parar. Establecer un alto. Empujarlo. Todo lo que había de racional en ella se lo pedía. Pero la Sara que lo había echado de menos y amado no la dejó.

Hasta que al final fue Flynn quien dio un paso atrás, separándose.

Con respiración y voz entrecortada, dijo:

–Aún lo tenemos, Sara –sonrió–. Si sabes a qué me refiero.

Lo miró fijamente, aturdida, con el corazón desbocado. ¿Habría parado si no lo hubiera hecho él?

Flynn abrió la puerta sin dejar de mirarla en ningún momento.

–Volveré por la mañana, Sar. *Coladh sámh*.

Ella parpadeó.

–¿*Coladh sámh?* –repitió atontada.

–Dulces sueños –explicó con ironía.

Capítulo 7

DULCES sueños?
Debería hacer que le examinaran la cabeza.
Los suyos fueron altamente cargados, eróticos y frustrantes como mil demonios; probablemente se lo tenía bien merecido.

¿Qué clase de idiota rompía un beso cuando la mujer a la que estaba cortejando al fin había empezado a devolvérselo?

Él. Flynn Murray.

Porque en su momento le había parecido una buena idea. Y porque le había dado su palabra.

A pesar de lo mucho que le habría gustado llevarla al dormitorio, aún no había llegado el momento.

Habría sido maravilloso, pero le habría estallado en la cara.

Sara valoraba las promesas. La integridad. Y aunque hubiera podido socavar su determinación en ese momento, luego habrían surgido recriminaciones y remordimientos.

Si le hubiera hecho el amor, por la mañana lo habría odiado más que lo que intentaba odiarlo en ese momento... y con mucho mejor motivo.

Por eso se había ido. Había mantenido su palabra.

No estaba acostumbrado a pensar en términos de la palabra «amor», pero no sabía qué otro nombre podía recibir la clase de martirio que hizo que detuviera el coche y se arrojara sobre un banco de nieve en vez de arrojar a Sara sobre una cama y tener ambos lo que de verdad querían.

De modo que soñó con ella... y con la consumación.

Y despertó más frustrado... y decidido que nunca.

Se levantó y se presentó en el supermercado a las seis. Entró en la floristería en cuanto encendieron las luces. Y se plantó en la puerta de la casa de Sara a las ocho y media, con el ordenador portátil, comida, un libro y flores.

–Para ti –dijo, entregándole el ramo. Eran narcisos, de un amarillo brillante, que hablaban de la primavera en mitad del invierno de Montana–. Cuando los vi, pensé en ti –para él, Sara siempre parecía la primavera.

Incluso esa mañana, con los ojos levemente enrojecidos, el cabello revuelto y el rostro pálido... se atrevió a esperar que por falta de sueño, igual que él, era lo más brillante en su vida.

Abrió mucho los ojos cuando le entregó las flores. Pero no habló. Se quedó ahí de pie, sosteniendo el ramo, mirándolo.

–No bromeo –dijo irritado al no escuchar ningún agradecimiento o bienvenida entusiasta ni ver sonrisa alguna–. Me recuerdan al sol. Igual que tú –al verla parpadear, hizo una mueca–. Di algo –musitó–. Que Dios me ayude.

Pero entonces Sara sonrió... una sonrisa tan encantada que realmente fue como si hubiera salido el sol.

–Gracias –dijo–. Son preciosas.

Y el resplandor en sus ojos le indicó que hablaba con sinceridad.

–¡Papá! ¡Has vuelto!

Otro resplandor, aunque ese en movimiento, bajó las escaleras a la carrera y se arrojó a sus brazos. Su hijo aún tenía puesta la parte superior del pijama sobre unos vaqueros, solo llevaba calcetines en los pies y aún no se había peinado.

—¡Adivina lo que hizo mamá! ¡Se quedó dormida a pesar del despertador!

—¿Sí? —no pudo evitar sonreír. ¿Había pasado tan mala noche como él? Eso esperó.

—No sonó —musitó ella, dándole la espalda mientras ponía las flores en un jarrón rojo brillante y las llevaba a la mesa.

—Eso pasa —convino Flynn, contento.

Sara emitió un bufido leve y luego miró a su hijo.

—Ve a ponerte una camisa. Y las botas. ¡No puedes ir a la escuela en pijama!

—Voy, voy —puso los ojos en blanco, luego le sonrió a Flynn, se quitó el pijama por la cabeza y lo hizo ondear como una bandera mientras subía las escaleras.

—¡Y date prisa! —le gritó Sara—. ¿Qué es esto? —demandó cuando Flynn se puso a vaciar las bolsas sobre la mesa.

—Aunque no te lo creas, es comida —algo que ella podía ver si miraba—. No puedo esperar que me invites a comer sin contribuir.

—¿Quién dijo que te iba a alimentar?

Él sonrió.

—No seas grosera, Sara, *a stór*. No encaja contigo.

Lo miró con ojos entrecerrados, luego se pasó una mano por el pelo.

—Anoche trabajé hasta tarde —le informó—. Estoy cansada. Hoy tengo mucho que hacer.

—Bueno, no te molestaré. Estaré tan silencioso como un ratón.

—¿Te vas a quedar? —demandó Liam al reaparecer con la camisa puesta, aunque mal abotonada. Volvió a abotonársela con celeridad mientras miraba a Flynn en busca de una respuesta.

—Eso espero. A menos que tu madre me eche.

Los dos miraron a Sara. La mirada que le dedicó a Flynn decía: «Lo lamentarás». Pero suspiró y le dijo a su hijo:

–Puede quedarse.

–¿Así que estarás aquí cuando vuelva a casa? –insistió Liam.

–Estaré aquí –prometió Flynn.

–No sé qué vas a hacer aquí todo el día –gruñó ella cuando Liam se marchó.

–Trabajar, lo mismo que tú –sacó los comestibles de la bolsa, y aunque a regañadientes, ella los guardó. Al terminar, Flynn abrió su maletín y extrajo el ordenador portátil, luego sacó otra cosa, la sopesó un momento en la mano y giró–. Esto también es para ti.

Ella cerró el armario y se volvió, alargando la mano.

–¿Qué es...? Tu libro –musitó, mirando la edición de tapa dura antes de alzar los ojos hacia Flynn.

Flynn se sintió más nervioso que lo que había esperado. No importaba lo que cualquiera pensara del libro. Pero la opinión de Sara importaba.

–Es el tercero que he escrito. Todos han sido publicados en Europa, pero este es el primero que se edita aquí.

Ella estudió la tapa, el título, la foto de él en la contraportada.

–Oficialmente, aún no ha salido a la venta. Lo hará en un par de semanas –sonrió, sintiéndose extrañamente tímido y preguntándose si había cometido un error.

Sara lo abrió. Vio la dedicatoria en la página del título, donde se lo había firmado.

Flynn había estado dándole vueltas a qué poner, hasta que al final escribió las palabras esa mañana, antes de salir del motel. No sabía si había hecho lo correcto. Tal vez había empeorado las cosas.

Sara, había escrito, *esto es lo que hacía cuando*

debería haber estado contigo. Lo estaré a partir de ahora. Todo mi amor, Flynn.

Ella leyó las palabras en silencio. Las miró demasiado tiempo. Luego alzó la vista y sus ojos se encontraron, los de ella firmes y serios.

—Gracias por el libro —dijo con tono sereno, casi formal, sin revelar nada. Sin hacer promesas.

Pero él sintió ánimos. Al menos no se lo había devuelto.

Sara se sentía como bajo un asedio.

Un tipo de asedio muy tentador... completo con flores y comida un día, chocolate negro y té *darjeeling* al otro.

Se presentaba cada mañana. Estaba allí todo el día. Trabajaba duramente. Se detenía a charlar. Le hablaba de lugares en los que había estado, de gente que había conocido.

Le habló de su libro. Sara no había resistido la tentación de leerlo.

Quería saber de los lugares que había visto, de la gente que había entrevistado, de los hombres que le habían disparado...

La noche en que leyó esa parte, lloró.

—Es un libro maravilloso —le dijo—. Haces que estas personas sean tan reales, tan vívidas.

—Son reales —le había dicho—. Yo simplemente escribí lo que recibí.

Pero lo había hecho tan bien, de forma tan descriptiva y clara.

Sin embargo, cuando hablaba de tiempos recientes, de su infancia en Dunmorey, de sus hermanos, el flujo de palabras casi se detenía.

Habló un poco de Will.

—Era un condenado héroe —le dijo con voz quebrada un día–. Siempre hacía lo correcto. Siempre estaba ahí para todo el mundo. Habría sido un conde mucho mejor que yo.

Sara dudó de que eso fuera verdad.

La mayoría de las llamadas que recibía era de Dunmorey. Podía hallarse a medio mundo de distancia, pero no perdía el contacto con lo que le sucedía a sus arrendatarios, a la tierra, la granja, el nuevo establo.

Había captado fragmentos de conversación, pero había quedado muy impresionada por lo diligente que era, por su compromiso, por lo mucho que le importaba.

Y cuando se lo comentó, se encogió de hombros.

–¿Quién más va a hacerlo? Yo soy el conde.

Era el conde.

Algo más en lo que pensar.

Pero a medida que pasaban los días y cada uno se ocupaba de sus respectivos trabajos, descubrió que seguía siendo el Flynn del que se había enamorado.

Y lo peor de todo era que él jamás recurría a una seducción abierta. Había confidencias compartidas, sonrisas burlonas, contactos fugaces. Pero no más besos apasionados. Una mirada era todo lo que necesitaba para encenderla.

Era como si supiera que tenía la guardia alzada, que podría resistirse a él si trataba de seducirla de la forma habitual.

De manera que eligió otra forma.

Le arregló la tostadora. Le cambió unos fusibles. Le quitó la nieve del techo del porche.

–No deberías conducir tú sola al corazón de la nada en pleno invierno –objetó él cuando ella le informó de que esa mañana iba a salir. Quiso acompañarla.

Pero ella descartó su preocupación.

–Crecí en Montana. No pasará nada.

Pero empezó a nevar antes de regresar. Tuvo que parar a poner las cadenas y llegó más tarde de lo calculado.

Flynn y Liam la esperaban a la puerta.

–Estábamos preocupados –le dijo Liam.

Pero un vistazo le reveló a Sara que no era el pequeño quien se había preocupado más.

–No deberíais haberos preocupado –se quitó la cazadora y se inclinó para darle un abrazo. Él le rodeó el cuello con los brazos y la apretó con fuerza–. Tengo un teléfono móvil –lo tranquilizó–. Habría llamado de haber habido un problema.

–Y nosotros habríamos podido hacer algo desde aquí –comentó Flynn con sarcasmo.

Sara lo miró sorprendida por el enfado que mostraba.

Volvió a erguirse.

–Habría llamado –repitió–. En serio, estoy bien –alargó la mano para darle una palmada en el brazo.

Pero él la abrazó con fuerza y la pegó contra su cuerpo.

Le dio un beso vehemente. Casi desesperado. El primero que le daba desde aquella noche. Pudo sentir cómo le latía el corazón contra su propio pecho.

–Más te vale –dijo con aspereza–. No vas a repetirlo.

–Claro que sí. Es mi trabajo.

–Entonces, iré contigo.

No discutió. No tenía sentido. No iba a estar allí para siempre. Los dos lo sabían. El lunes próximo comenzaba la gira de presentación de su libro. Su publicista lo llamaba siempre con nuevas estrategias, nuevas posibilidades. Y una vez que acabara todo eso, lo esperaban sus responsabilidades en Irlanda.

Cuando se marchara, Sara haría lo que siempre había hecho.

–Me has dado un susto de muerte. No me lo vuelvas a hacer –pidió con vehemencia, los ojos encendidos con un fuego verde.

Lo iba a matar.

Si no de frustración, sí de preocupación. Supuso que su recompensa fue el modo en que, poco a poco, comenzó a relajarse con él.

Sonreía más, estaba menos a la defensiva. También hablaba más... sobre la infancia de Liam, su trabajo, el resto de su familia.

Y comenzó a interesarse por sus cosas.

A Flynn no le importó hablarle de su trabajo. Escribir era un gozo para él. Aunque por Sara, tamizó algunas de las cosas más horribles que había visto y experimentado.

Tampoco le molestó hablarle de Dunmorey, al menos acerca de la historia y geografía. Le habló de los diversos condes, de los jardines, los bosques y el lago. Después de todo, había sido el paraíso de su infancia. Recordar esa parte de Dunmorey era un placer, aunque lo llevara a hablar de Will.

Le contó lo buen hermano que había sido.

–En realidad, un santo –manifestó con un nudo en la garganta–. Podía llevarse bien con todo el mundo. Hacer cualquier cosa –todavía costaba creer que estuviera muerto.

Todos los días recibía llamadas de la señora Upham y de Dooley, el capataz de la finca. Pero cuando entraron en escena el contratista de los establos y el banco que les financiaba, les dijo con firmeza:

–Dirijan sus preguntas a mi hermano.

A veces, como esa tarde, la descubría mirándolo y sonriendo.

–¿Qué? –preguntó al colgar–. ¿Algo gracioso?

Sara movió la cabeza.

–Tu voz. Cuando hablas con tu editor o con tu agente, eres rápido, ingenioso y coloquial. Pero cuando te ocupas de las cosas del condado, empleas una voz completamente distinta. Tu Voz de Conde.

–¿Mi qué?

–Tu voz. Se vuelve más seca, formal y autoritaria. También te pones más recto. Y altivo –le dedicó otra sonrisa–. Muy impresionante.

La miró con fingido malhumor.

–¿Es así?

Ella asintió con expresión pícara.

–Y un poco temible.

–¿Temible? No me gusta eso –dejó el teléfono en la encimera y rodeó el lado de la mesa–. Prefiero que rías antes que estés asustada.

Y entonces, porque no pudo contenerse y porque hacía demasiado que la había tocado, algo que ansiaba cada día, la puso de pie y comenzó a hacerle cosquillas.

Sara rio y se retorció en sus brazos, potenciando como nunca antes su deseo y su apetito de ella. Dejó de reír bajo el calor del deseo. La rodeó con los brazos, la pegó contra él y terminó por besarla como un hambriento.

Y casi en el acto sintió su reacción, la sintió rodearlo con sus propios brazos, abrir los labios para él y explorar su lengua.

Ninguno de los dos reía ya. Eran todo manos y bocas y cuerpos pegados. Le subió el jersey para acariciarle la espalda. Sintió que ella le sacaba la camisa de los vaqueros y el contacto de esos dedos en su piel le provocó un escalofrío de necesidad.

–Sara –le besó la mandíbula y cuando echó la cabeza atrás, siguió besándola hasta llegar a la base de su cuello. Bajó las manos hasta introducirlas debajo de la cintura de sus vaqueros, siguió el contorno de las braguitas y luego bajó aún más, para apretar la suavidad de sus glúteos, sentirla pegarse contra él. El corazón le martilleaba. La respiración se le aceleró. La necesitaba en ese momento, necesitaba subirla a su habitación, deshacerse de las limitaciones que imponía la ropa y...

La puerta se abrió de golpe.

–¡Estoy en casa! –entonó Liam–. ¡Oh!

–¡Liam! –jadeó Sara.

Apartó las manos de la espalda de Flynn y se separó de su abrazo. Tenía el rostro encendido mientras se afanaba en arreglarse el jersey, recobrar el aliento y al mismo tiempo dedicarle una sonrisa a Liam por encima del hombro de Flynn.

Este apenas había controlado su respiración cuando su teléfono sonó por vigésima vez ese día.

Sara lo recogió de la encimera y se lo plantó en la mano.

–¿Por qué no recibes la llamada en el salón? –sugirió sucintamente antes de girar hacia Liam–. Bueno, ¿cómo ha ido tu día en la escuela?

Tumbada en la cama con la vista clavada en el techo, Sara pensó que no era un buen descanso lo que necesitaba.

Era a Flynn.

En cuanto se marchó, lamentó no haberlo llamado para que se quedara. Había luchado consigo misma toda la tarde, toda la noche... desde que Liam les había interrumpido. Había tratado de entender lo sucedido, había tratado de pensar, de analizar, de racionalizar.

Pero a pesar de todos sus intentos, solo había una conclusión. Ya no tenía sentido seguir mintiéndose.

Lo amaba.

Supuso que siempre lo había amado. Lo que pasaba era que su cuerpo era más sincero que su cerebro. Y también más valiente. Más dispuesto a arriesgarse.

Y después del beso de aquel día, un beso que había querido y en el que había participado tanto como Flynn, no había manera de que pudiera continuar fingiendo que no le importaba. Si Liam no hubiera aparecido, sabía muy bien dónde habrían terminado. En esa misma cama.

El pensamiento de que podrían hacerlo al día siguiente danzó en su mente, tentándola, provocándola. Excitándola.

Abrazó con fuerza la almohada.

Sonó el teléfono que tenía en la mesilla. Descolgó.

—¿Sí?

—Hola. Soy Flynn.

Contuvo el aliento ante el júbilo inesperado de oír su voz.

—Ahora mismo... pensaba en ti.

—Voy de camino al aeropuerto.

—¿Qué?

—Todas esas llamadas de hoy acerca de la gira promocional del libro... Se suponía que empezaba el lunes. Pero me acaban de llamar de la editorial. Tienen un hueco para mañana en *US This Morning*. Me han metido.

—Pero, ¿dónde está? —preguntó Liam a la mañana siguiente al bajar y ver a su madre sola en la cocina.

—Tuvo que irse —repuso con voz ecuánime—. Sabías que lo haría.

—¡Pero el lunes! —protestó el pequeño—. ¡Dijo el lunes!

—Las cosas cambian —se alegró de no haber quedado en ridículo la noche anterior.

–¿Cuándo va a volver?

¿Volvería?

Eso mismo había pensado hacía seis años. Habría apostado la vida en ello. Desde luego, en esa ocasión Flynn había insistido en que regresaría. Pero no pudo evitar las dudas.

–¿Por qué se fue? –demandó Liam–. ¿Por qué no se despidió?

Sara le explicó el súbito hueco que se le había presentado en un programa de emisión nacional y que apenas había dispuesto de tiempo para tomar el último vuelo.

–¿Puedo verlo? –preguntó él, yendo hacia el televisor.

Quiso decirle que no. Volver a la cama y cubrirse hasta la cabeza.

–Adelante –musitó.

Y como era masoquista, fue a verlo con él. Vio a Flynn, con los ojos brillantes incluso después de lo que debía de haber sido una noche sin dormir, atractivo como siempre, seducirlos a todos.

Era el Flynn del que se había enamorado tantos años atrás.

–¿Eso es todo? –preguntó Liam cuando se acabó el segmento dedicado a él.

Para Sara fue suficiente.

–Sí –respondió.

–Pero...

–Solo dan fragmentos breves para entusiasmar a la gente –le explicó a Liam–. Para despertar su curiosidad.

–¿Qué te pareció?

–Yo...

Sonó aturdida. Como si no esperara su llamada.

Como si creyera que nunca volvería a saber nada de él.

La había llamado en cuanto había dispuesto de dos minutos para sí mismo. Hacía apenas una hora que había terminado su aparición en la televisión. Menos. Pero le parecía que hacía una eternidad que había hablado con ella de camino al aeropuerto.

–¿O es que no lo viste? –no quería que le contestara. Probablemente, ya conocía la respuesta. Y quedó encantado cuando sus temores no se vieron confirmados.

–Sí... lo... vi.

–Bien. Temía que no lo hicieras. Supuse que estarías molesta. Tenías derecho a estarlo.

–No.

Una protesta rápida, lo que significaba que aún no creía que tuviera algún derecho en lo referente a él.

–Sí, lo tienes –aseveró Flynn–. No quería venir. Pero, sinceramente, no tuve mucha elección. Hay mucho en juego con este libro. Necesito que sea un éxito. No solo por mí... sino por Dunmorey.

–¿Dunmorey?

Le había hablado mucho acerca del castillo, pero no sobre el dinero que costaba mantenerlo.

–Hay muchas cosas que deben hacerse –indicó él con tono rígido.

–Claro.

Su voz sonó débil. Se preguntó si sería por una mala conexión o...

–Solo intento explicarte por qué necesitaba hacer esto. No quería irme de repente. No debería haber sido así.

–Se hace lo que se debe.

La estaba perdiendo. Podía oírlo en su voz.

–¡Sara!

–Estuviste fantástico –afirmó–. He de irme. Los Jones vendrán de un momento a otro.

–Te llamaré esta tarde. Hablaré con Liam. Y contigo.

Pero ya había cortado.

No sabía qué pensar.

Los llamó todos los días. Para hablar con Liam, desde luego. Pero a veces llamaba cuando Liam no estaba en casa.

Pero hablaban del pequeño. Flynn lo quería saber todo sobre él. Y luego le preguntaba sobre Sid, sobre Celie y Jace, sobre el resto de su familia. Y luego sobre ella.

–Estoy bien –decía siempre Sara–. Muy ocupada –era finales de marzo, época de la declaración de la renta.

–Te echo de menos –le dijo.

–Yo... –pero las palabras se atascaron en su garganta. Había dispuesto de demasiados años para negar lo que sentía por él como para que le resultara fácil manifestarlo.

–Puedes hacerlo.

–¿Hacer qué?

–Decir las palabras. Te. Echo. De. Menos. No son complicadas. Vamos, Inténtalo –rio.

Quiso reír. También llorar.

–Déjalo, Flynn Murray –indicó–. Tengo trabajo.

Ellos lo mantuvieron cuerdo.

Liam, por supuesto. Pero principalmente Sara.

Nunca sabía en qué ciudad se hallaba, solo pensaba en un pequeño niño de Montana sin el cual ya no podría vivir.

Y en la madre del pequeño, a quien necesitaba más que dormir o comer o figurar en la lista de los libros más vendidos del *New York Times*... aunque resultó que consiguió lo último.

Lo que era más que agradable y le satisfacía mucho. Pero pensaba más en Sara.

La echaba de menos con desesperación. Se lo decía cada vez que la llamaba.

Ella no le decía que lo echaba de menos. Por lo general, decía: «Llamaré a Liam».

Y cuando conseguía que se quedara a charlar al teléfono, se mostraba impaciente pero no colgaba. Supuso que era algo positivo.

Y para mantenerla al aparato, y no porque le importara el tema, le contaba lo que había visto en San Francisco, Dallas, Nueva Orleans y Chicago. Le contaba historias divertidas sobre cosas que había visto y personas que había conocido para oírla reír.

–Volveré en cuatro semanas –dijo, y pensó que sonaba a una eternidad. Pero luego fueron tres semanas. Dos. Y al fin solo quedó una.

Comenzó a contar los días y las horas hasta poder volver. Empezó a hacer planes.

Su editor le informó de que el libro se había vendido tan bien que iban a sacar una segunda edición. Algo estupendo. Pero lo mejor era que estaría de vuelta en Elmer en veintisiete horas.

Con Liam. Con Sara.

Y entonces su hermano Dev llamó desde Irlanda.

–El banco está poniendo trabas al préstamo para los establos. Quiere más garantías. Quieren ver los proyectos para el negocio.

–Muéstraselos. Tú tienes todos los papeles –el plan había sido principalmente de Dev. Su parte había sido poner el castillo como aval.

–Lo he hecho –repuso su hermano–. Pero para seguir adelante, necesitan ver más activos. Dicen que hay demasiada deuda. Dunmorey necesita más renta de producción. Más vías de ingresos.

–Dime algo que ya no sepa.

–Quieren hablar contigo.

–Pues diles que me llamen.

–En persona –explicó Dev–. El viernes.

–¡Y un cuerno!

–De otra manera, no saldrá adelante –en su voz había algo de desesperación–. No importa que el conde de Dunmorey me respalde. Solo quieren hablar de dinero, Flynn. Podemos recuperarlo con este caballo. Lo sé. Pero tenemos que ponernos en marcha. Y eso significa hablar otra vez con el banco. El viernes.

El viernes Flynn había planeado estar al fin en Elmer, disfrutar de su hijo, cortejar a Sara, convencerla.

–El viernes –repitió Dev–. O habremos acabado sin siquiera haber disfrutado de una oportunidad.

Flynn conocía muy bien esa sensación.

–He de ir a Irlanda.

Se hallaban en el aeropuerto recogiendo todavía las maletas, con Liam colgado de uno de los brazos de Flynn y Sara de pie, aturdida por el vuelco que le había dado el corazón al verlo, antes de hundirse por esa nueva revelación.

–Pero acabas de llegar –indicó Liam, trepando por Flynn como si fuera un árbol.

–Y quiero que vengáis conmigo –les dijo a ambos, aunque no dejaba de mirarla a ella.

–¡Sí! –exclamó el pequeño, rodeando el cuello de su padre con los brazos.

–¡Qué! –Sara movió la cabeza consternada–. ¿Cuándo? ¡No!

–Sí. He de ir. Mañana. Por asuntos de Dunmorey. Y no quiero ir sin vosotros.

—Pues vas a tener que hacerlo.

—¿Podemos ir al castillo? —Liam giró en los brazos de su padre para poder mirarlos a ambos—. ¿Podemos?

—Podemos —indicó Flynn.

—No —contradijo Sara—. No podemos. Es plena época de la declaración de la renta. Tengo compromisos.

—Pero, ma...

Flynn bajó a Liam al suelo y le señaló la dirección de la cinta de los equipajes.

—Ve a ver si ya ha aparecido mi maleta.

Liam abrió la boca para protestar, pero al ver la expresión en la cara de su padre, asintió y se marchó.

—He de hacerlo, Sara.

—Hazlo —cruzó los brazos—. A mí no me importa.

—¡A mí sí! Liam y tú me importáis. Llevo esperando un mes para volver a estar con vosotros —ella simplemente lo miró—. Hay teléfonos en Irlanda. Faxes. Internet. Puedes hablar con tus clientes y hacerles la declaración.

—No quiero...

—Estás siendo egoísta, Sara.

—¿Yo? —se puso furiosa por la acusación.

—¿Recuerdas cuando me contaste cuál era la parte más dura de tu vida? —preguntó Flynn.

Ella parpadeó sorprendida y entrecerró los ojos con suspicacia.

—¿De qué me hablas?

—Hace seis años —continuó Flynn—, me llevaste a ver el rancho en el que habías vivido de pequeña. Me mostraste el columpio que tu padre había colgado en el árbol. Me mostraste la casa que te había construido en un árbol. ¿Lo recuerdas?

Sara sintió un nudo en la garganta. Asintió.

—Yo también lo recuerdo. Y dijiste que la parte más dura de tu vida había sido la muerte de tu padre y no poder tenerlo más contigo. ¿Recuerdas eso?

Aún sentía un escozor en los ojos cada vez que pensaba en ese columpio, en cómo había reído cuando su padre la había empujado, en la casa en el árbol que había construido para sus hermanas y ella. En cómo le había llevado el martillo y los clavos cuando se lo había pedido. En cómo lo había seguido por todas partes y a él llamándola: «La mejor niña del mundo».

Parpadeó y apretó la mandíbula.

—Claro que lo recuerdo —soltó al final—. ¿Y qué?

—Lo único que querías era una oportunidad de estar con tu padre. Y no pudiste tenerla porque había fallecido. Yo no estoy muerto, Sara. Quiero hacer cosas con mi hijo. ¿Por qué quieres negarle a Liam lo que querías para ti? Danos una oportunidad. Venid conmigo.

Capítulo 8

COMO de costumbre, llovía. —
¿Es que nunca para? –le gruñó a Dev por el teléfono móvil mientras esperaban para subir a un vuelo nacional que los llevara a Cork. Liam había arrastrado a Sara hasta un ventanal para mirar todos los aviones.

Sara estaba muda, lo que no le gustaba. Quería a la persona entregada, de vez en cuando quisquillosa pero siempre efusiva y afable que solía ser en Elmer. Tampoco habría estado mal la que lo había besado con pasión en la cocina la tarde que había terminado por marcharse.

Pero, ¿esa? Era tan silenciosa que lo asustaba.

De hecho, estaba empezando a volverlo loco.

–Que el castillo esté lo más presentable posible, que voy acompañado –le dijo a Dev.

–¿Acompañado? ¿Y eso? –no se mostró complacido–. No estamos en situación de hacer de anfitriones. Mamá no se encuentra aquí. Yo estoy hasta las cejas con los temas del caballo. Y tú también lo estarás. ¿A quién demonios traes?

No le había hablado a su hermano de Sara... ni siquiera de Liam.

Anunciar que tenía un hijo de cinco años no era algo que deseara hacer por teléfono. Y Dev había estado en Dubai cuando se marchó.

Sabía que no podía hablar de Liam con su hermano sin mencionar a la madre del pequeño. Y las cosas habían ido demasiado bien con Sara.

No quería hablar de ninguno de los dos hasta tenerlos donde los quería... para siempre en su vida.

Al menos ese había sido el plan hasta la llamada de su hermano tres días atrás.

Pero en ese momento todo había cambiado.

—En realidad, no es compañía –confesó–. Se trata de mi hijo.

En el otro extremo de la línea, reinó un silencio total. Luego Dev dijo:

—La cobertura no es buena. ¿Qué has dicho? Me pareció oír que mencionabas a tu hijo.

—Eso hice.

—¿Hijo? –repitió Dev, aturdido.

—Exacto. Tiene cinco años. Se llama Liam. Se parece... a Will.

—¿A Will? –Dev se mostró incrédulo.

—Ya lo verás.

—Pero, ¿quién es? ¿Cuándo...?

—Te lo explicaré más tarde. Su madre y él vienen conmigo. Así que ordena las cosas. Ponte una camisa limpia. Recoge los cubos. No podemos hacer gran cosa con el resto, pero no quiero que tropiecen con cubos nada más cruzar la puerta.

Dev rio.

—Lo que digáis, milord.

—Hazlo –luego cortó.

—¡Anuncian nuestro vuelo, papá! –Liam se soltó de su madre y corrió hacia él.

Lo alzó en brazos antes de que pudiera chocar contra su pierna y lo derribara.

No era el típico castillo de cuento de hadas.

Era mucho mejor. Mucho más... real.

Lo último que quería Sara era enamorarse de Dunmorey... involucrarse emocionalmente con un lugar al que había decidido resistirse.

Pero, ¿cómo resistirse a eso?

Jamás había esperado que se alzara en lo alto de una colina, gris oscuro, cuadrado, achaparrado como una rana petrificada mientras la lluvia caía por su superficie.

Una rana petrificada con una torre que sobresalía como un sombrero de copa esquinado, dándole un aire de antigua resistencia.

Le encantó a primera vista. Pero, al mismo tiempo, empezó a entender la razón de la multitud de llamadas que había tenido que atender Flynn. Ser el señor de Dunmorey quizá no fuera solo ir de fiestas y cacerías. El peso de semejante responsabilidad parecía capaz de oprimir a cualquiera sin la suficiente determinación. Y la granja ante la que habían pasado, la extensión de río que habían cruzado y las casas que se veían por los alrededores formaban parte de la propiedad.

Todo ello con sus respectivas obligaciones.

—¡Tiene un foso! —exclamó Liam estirando el cuello y señalando el agua que cruzaron para entrar en Dunmorey—. ¡Dijiste que no lo tenía! —acusó a su padre.

—¿Es eso? —Flynn pareció sorprendido—. Siempre pensé que se trataba de un canal de desagüe.

Su tono irónico hizo sonreír a Sara.

—Quizá todo está en la mente del observador —él la miró sorprendido—. Es precioso —se sinceró.

Las colinas verdes, los setos, las vallas, los árboles enormes... todo era tan exuberante, verde y vivo. Además, al aceptar ir, esperaba averiguar quién era realmente Flynn Murray más allá del hombre que había conocido en Elmer, del seductor del que hacía mucho tiempo se había enamorado.

–¿Lo crees? –preguntó dubitativo–. Me gustaría decir que no está tan mal como parece –añadió mientras subía por el sendero que conducía al castillo–. Pero eso no sería verdad. El interior está peor que el exterior. Pero lo positivo es que tal vez no lo tenga por mucho más tiempo.

Habló con tono ligero, pero había una dolorosa corriente invisible que hizo que lo mirara.

–¿No tenerlo? –frunció el ceño–. ¿Por qué no? –preguntó cuando él rodeó la última curva del camino de grava y aparcó ante las grandes y sólidas puertas frontales.

Liam se quitó el cinturón de seguridad y abrió la puerta en cuanto el coche se detuvo. Bajó y levantó la vista a la enorme estructura que se alzaba ante él. Se quedó boquiabierto.

–Vaya –musitó–. Vaya.

Y entonces se puso a correr, tratando de verlo todo. Llovía con intensidad y se estaba empapando.

–Podemos hacer que entre –dijo Flynn.

Pero Sara movió la cabeza.

–Deja que corra. Lleva mucho tiempo en aviones y coches. Se secará.

–No cuentes con ello –musitó Flynn.

–¿Qué?

–Nada.

Bajó y ella lo siguió, reuniéndose con él junto al maletero para sacar el equipaje.

–¿Por qué es posible que no tengas el castillo mucho más tiempo?

–¿Qué prefieres, la historia larga o la breve? –comenzó a bajar sus maletas–. Podría ofrecerte un respuesta larga y complicada que tiene que ver con ingresos, precios agrícolas y costes de rehabilitación. Pero la corta es que mantenerlo es muy costoso. Las propiedades ya no están vinculadas. Mi padre y mi abuelo se encargaron de eso. Querían poder vender si sucedía lo peor.

–¡Pero lleva trescientos años en tu familia!

–Y yo podría ser quien lo perdiera –apretó la mandíbula y se masajeó la nuca–. No he dicho que me gustara la perspectiva –gruñó–, pero la granja solo puede hacer lo que puede hacer la granja. Y nos está costando mucho dinero poner en marcha las caballerizas. A la larga funcionará. Lo creo. Pero por entonces quizá ya haya tenido que vender. Es como tratar de mantener vivo un dinosaurio extinto.

–Una rana gigante –murmuró Sara.

–¿Qué? –Flynn parpadeó.

–No importa –no debería haber dicho nada. Movió la cabeza–. Odiaría ver que tuvieras que dar ese paso.

–Y yo también.

Sara miró hacia donde Liam ya intentaba escalar una de los muros de granito.

–Es un lugar estupendo para los niños.

–Los jardines lo son –convino Flynn–. Te da problemas cuando eres adulto.

–Tiene encanto.

–¿Encanto? –bufó Flynn–. Aguarda y verás.

Sonó más a amenaza que a promesa. Pero antes de que pudiera contestarle, la puerta de la casa se abrió y un doble de Flynn salió con una sonrisa en la cara.

–Dev –saludó Flynn–. Mi hermano menor. Dev, te presento a Sara. Es, mmm... –titubeó–... la madre de Liam –con la cabeza indicó al pequeño, que seguía en el sendero.

Dev miró y se quedó atónito.

–Es como Will.

Flynn asintió.

–Espera a conocerlo.

Pero Dev ya estaba mirando otra vez a Sara

–Liam tiene una madre muy hermosa –le dedicó

una sonrisa. Luego le tomó la mano y la condujo al recibidor, dejando que Flynn cerrara las puertas y llevara las maletas.

–Es... un placer conocerte –comenzó Sara, y entonces calló.

Había pasado a través de la primera entrada, con
su colección de botas y bates de croquet, arcos y fle-
chas, bastones y paraguas.

Pero entonces la condujo por el siguiente juego de
puertas hacia una sala con ornamentos y tapices, colum-
nas de mármol y un espejo enorme. Se quedó pasmada.

Dev captó la dirección de su mirada.

–Enorme, ¿verdad? Lo pusieron allí para hacer que
la sala pareciera mayor.

¿Mayor? Si tenía el tamaño de la mitad de su casa.

–Debería quitarme los zapatos.

–No. Se te mojarían los pies.

–¿Qué?

–El tejado tiene goteras. Aquí no –explicó Dev–,
pero en toda la planta de arriba. En las cocinas. Las
ventanas también dejan pasar la lluvia. Las alfombras
y los suelos se empapan. Déjate los zapatos puestos –
aconsejó.

–Oh, de acuerdo.

–Por aquí –comenzó a conducirla por puertas enormes–. He encendido la chimenea en el salón azul.

Una elegancia deslucida, sí. Posiblemente andrajo-
sa en algunas partes. Pero decididamente formal, im-
ponente e histórica. Mientras iban al salón azul, retratos de hombres y mujeres con las facciones de los
Murray los miraban desde lo alto de ambas paredes
del pasillo. Parecían austeros, remotos y severos.

Una parte de ella quiso salir corriendo de allí.

–Ahora veo por qué Flynn pasó tanto tiempo en
los Estados Unidos –abrió una pesada puerta de roble
y le cedió el paso.

–Sí, la gira promocional del libro se alargó y...

–Y tenía un par de cosas más para mantenerlo ocupado –finalizó Dev con una sonrisa.

Pero Sara se sintió culpable, ya que comprendía que Liam y ella eran esas cosas.

–Sé que lo necesitabais aquí...

–Es el conde –expuso Dev con sencillez–. Pero tiene derecho a llevar su vida.

–Supongo –miró alrededor. Las paredes eran azules, el mobiliario de piel y roble y en la pared había más tapices de seda.

–Siéntate –Dev indicó uno de los sillones–. Le pegaré un grito a Daisy para que nos traiga té.

No imaginó que hablara en serio, pero salió al pasillo y gritó la petición.

Le respondió el grito de una mujer joven: «¡Sírvetelo tú!»

Dev rio.

–Esa es Daisy. Nuestra mano derecha en la casa. Cocina y limpia, nos mantiene en el camino recto y al parecer piensa que está ocupada. Probablemente está preparando vuestras habitaciones –reflexionó.

Sara sintió que su presencia era un incordio.

–No tiene que...

–Es su trabajo –dijo Dev–. No le importa. Y hace mucho más de lo que tenemos derecho a esperar. Así que iré a preparar té. Puedes quedarte aquí o bajar a la cocina conmigo.

–De... debería ayudar a Flynn. O ir a buscar a Liam –deseó poder hacer algo para ayudar.

–Flynn está bien. Y él cuidará de tu hijo Se parece mucho a nuestro hermano Will –movió la cabeza–. ¿Vienes? Espero que no te molesten los perros –la condujo otra vez al pasillo, donde se vieron rodeados por tres jóvenes spaniels y el galgo irlandés más enorme que había visto jamás–. Eh, vosotros, apartaos –se abrió paso entre ellos–. Id a molestar a Daisy.

Con el séquito canino dando vueltas alrededor de ellos, Sara lo siguió por otro largo pasillo, aunque ese era menos formal.

Los retratos de los ancestros habían dejado sitio a cuadros y fotos de paisajes rurales, cabezas de ciervos montadas en las paredes y salmones embalsamados. En el extremo más alejado, había cañas de pescar y correas para perros.

–Hemos llegado –anunció Dev.

La condujo a una habitación que era como toda la planta baja de su casa.

En la chimenea que había en un extremo se podría haber asado un buey, y seguro que en algún momento de la historia del castillo, así se había hecho. En ese momento, había una cocina de hierro fundido empotrada. Al lado, había una nevera grande de acero inoxidable. En el otro lado, vio un microondas sobre la encimera.

Dev llenó una tetera con agua del grifo. En el otro extremo del fregadero, sobre la encimera, había una serie de platos para comida de perros, una bañera de bebé de color azul y, a su lado, una silla alta de plástico.

Su mirada se detuvo en la bañera para bebés y en la sillita alta que parecían aún más fuera de lugar que el microondas.

Dev enchufó la tetera y luego vio la dirección de su mirada.

–Son de Eamon –explicó–. Es el hijo de Daisy.

–Comprendo. Me siento fatal molestándoos de esta manera. Es evidente que no nos esperabais.

–Ni siquiera sabíamos de vosotros.

Lo miró sorprendida.

–¿No... sabíais que existíamos?

Había estado fuera casi dos meses. Todo ese tiempo él había sabido de la existencia de Liam. ¿Y no había mencionado nada?

–Lo siento. No debería haber dicho eso –se disculpó Dev–. En realidad, no es asunto nuestro. Como he dicho, Flynn tiene derecho a hacer su vida. Simplemente... es asombroso. Yo me hallaba ausente cuando se marchó. Estaba en Dubai comprando el semental. Recibí un correo electrónico. Solo comentó que tenía asuntos de negocios en los Estados Unidos. No lo sabía. Pero es una gran noticia –añadió alegre.

–¿Ni siquiera conocías la existencia de Liam?

–No hasta que Flynn llamó esta mañana.

Sara no supo qué pensar al respecto.

Pero Dev tenía una opinión.

–Flynn siempre ha seguido su propio camino y realizado las cosas a su manera. Es lo que ha hecho que le resultara tan difícil tomar el timón del patrimonio familiar. Nuestra madre piensa que necesita una esposa que le enseñe cómo deben hacerse las cosas.

–¿En serio? –preguntó ella con voz débil.

–Pero pienso que eres lo mejor que le ha pasado desde... siempre, supongo.

Ella se ruborizó.

–Eso es ridículo. No me conoces.

–Conozco a Flynn. No es propenso a compartir lo más querido y próximo. Pero si te ha traído aquí, le importas. Y me gusta el aspecto que tiene. Y suena mejor que en siglos.

Se preguntó cómo habría sonado antes.

Por su cabeza pasaron cientos de preguntas inapropiadas. Pero oyó las pisadas de Flynn seguido de Liam.

–¡He visto un pez, mamá! –le informó Liam–. ¡Un pez grande! ¡Y un perro enorrrrme! –abrió los brazos hasta donde pudo abarcar–. ¿Lo has visto? Se llama O'Mally. Es un cachorro de siete meses. ¡Papá dijo que podía dormir conmigo!

–Sí, ¿eh?

Flynn se encogió de hombros.

–¿Por qué no? Duerme con Sid.

–No hay más que una pequeña diferencia de cincuenta kilos.

–Pensé que sería buena compañía para Liam. Que haría que se sintiera como en casa.

Probablemente tenía razón.

–Estupendo, ¿eh? –dijo Liam–. ¿Y has visto los cubos?

–¿Cubos?

–Arriba. Subimos las maletas y conocí a Daisy y a su hijo y papá dijo que hay un montón de cubos para la lluvia.

–Estamos poniendo un tejado nuevo –con cada nueva revelación parecía más incómodo.

Sin embargo, Dev no paraba de sonreír. Sirvió el té en tazas, añadió leche y las fue pasando, luego agregó un plato con pastas y dijo:

–Bueno, dome de dónde eres.

Sara dejó que Flynn le contara a su hermano lo que quería saber. Y, por supuesto, Liam intervino. Ella casi no habló. Simplemente, miraba alrededor, dejando que la conversación la envolviera. A pesar de lo mucho que le había gustado Dunmorey a primera vista, le seguía costando pensar en Flynn como señor de todo aquello.

Contuvo un bostezo.

–Necesitas descansar un poco –dijo Flynn de repente–. Deja que te muestre tu habitación. Puedes dormir algo.

–¡Yo no! –protestó Liam–. ¡Yo no quiero dormir!

–Por todos los cielos, no. Tú no –Dev rio–. Me llevaré al Señor Energía conmigo a los establos.

Liam puso los ojos como platos.

–¿También tenéis caballos?

–Un par. Uno es un semental nuevo. Ven a verlos –invitó antes de volverse hacia Sara–. Lo vigilaré.

–¿Puede venir también O'Mally?

–Liam –reprendió su madre.

Pero Dev rio.

–¿Pueden nadar los patos?

–¡Sí! ¡Vamos, O'Mally!

Pasó el brazo por el lomo del perro... Sara vio que tenían prácticamente la misma altura, y cruzaron la puerta detrás de Dev.

En la quietud después de su marcha, comprendió que por primera vez estaba a solas con Flynn.

Él también pareció percatarse de lo mismo y por una vez guardó absoluto silencio.

–Es... precioso –dijo ella al fin. Calló antes de añadir que también era inmenso y abrumador.

–No es precioso –contradijo él, haciendo chasquear los nudillos. Luego metió las manos en los bolsillos y comenzó a ir de un lado a otro–. De hecho, es un desastre. Puedes ver todo el trabajo que necesita –movió la mano como abarcando todo el castillo–. Probablemente, debería quemar toda la condenada propiedad –comentó con amargura–, pero está tan húmeda, que dudo que ardiera.

–Aparte de que no quieres que arda.

Él se encogió de hombros, abrió la puerta y le indicó que lo siguiera.

–Tienes razón –la llevó de vuelta al pasillo–. Y me gustaría mostrártelo completamente ahora, pero he de recopilar los documentos que debo llevar mañana al banco. Así que te llevaré a tu habitación para que puedas descansar.

Por fortuna, la habitación de Sara solo tenía dos cubos en el suelo... y en ese momento estaban vacíos.

Había un fuego encendido en la chimenea, calentando la atmósfera habitualmente gélida. Bendijo mentalmente a Daisy.

Sara se quedó en el centro, quieta, mirando alrededor.

–No es.... precisamente a lo que estás acostumbrada –comentó él, incómodo–. Espero que te sientas confortable aquí –añadió–. Yo... te veré más tarde.

Ella asintió.

–Gracias –se volvió para marcharse cuando ella pronunció su nombre–: ¿Flynn?

–¿Sí? –giró esperanzado.

–Tú también pareces agotado. Deberías tratar de descansar un poco –de repente se sonrojó y pareció tan incómoda como él.

Él suspiró.

–Buena idea. Pero no tengo tiempo.

Le habría encantado dormir entre los brazos de Sara.

Pero ni siquiera podía permitirse pensar en ello. Debía ocurrírsele un plan razonable, al menos sobre el papel, para el futuro de Dunmorey. Se encerró en su despacho y se puso a trabajar.

Dos horas más tarde, miró la lluvia que caía por los cristales de la ventana y se enfrentó al hecho de que estaba perdiendo el tiempo. Era evidente que todas sus esperanzas y sueños eran fantasías.

En el otoño, el plan del semental había parecido razonable. En febrero, al ir a Elmer, había creído en la posibilidad de que podría sacarlo adelante... que podrían tener al semental y también Dunmorey, que no era un imposible.

Y en cuanto volvió a ver a Sara, incluso se había atrevido a soñar con que podrían casarse y vivir felices para siempre.

Pero ese día, bajo el castillo lleno de goteras que

casi se caía a pedazos, no le quedó más opción que enfrentarse a la realidad. Tendría que ser una cosa u otra: el castillo o el semental. Y el futuro no radicaba en un montón de piedras de quinientos años de antigüedad. Tendrían que vender Dunmorey.

Ocho condes antes que él habían cumplido con su trabajo. Él sería el conde que mordería el polvo.

¿Y Sara? A pesar de los comentarios corteses que realizaba, casi todo el tiempo se la veía consternada. Convencerla de acompañarlo había sido un error.

En su momento, había sido una buena idea. Llevaba un mes sin verla y habría hecho y dicho cualquier cosa con el fin de garantizar no tener que volver a dejarla atrás.

Él podía ser capaz de impresionar a un niño de cinco años con el castillo de la familia, pero Sara era una persona realista. Vería Dunmorey por lo que era, un montón de piedras que reflejaban el pasado y no tenían nada que ofrecer para el futuro.

Siendo contable, vería las cosas tal como las veía el banco, aunque Dev y él hubieran intentado fingir otra cosa. Habían quedado cegados por el hecho de haber crecido allí. Lo veían igual que Liam.

Pensó que era una pena que los bancos no los dirigieran niños de cinco años.

Incluso su madre lo había visto con más claridad que ellos.

Tras la muerte de su padre, la condesa le había dicho una y otra vez que si quería retener Dunmorey, debería casarse por dinero.

—Es lo que hizo tu padre —le había recordado sin rodeos.

También su madre era una persona realista.

Incluso había reído y prometido llevarle una novia rica al marcharse a ver a su hermana a Australia después de las navidades.

–Sí –le había dicho él–, hazlo.

Pero no necesitaba que le encontrara una esposa. Él ya había encontrado a la que quería... Sara.

No quería a nadie más.

Y en ese momento la había invitado a presenciar su fracaso.

Al despertar, Sara vio que habían pasado una nota por debajo de su puerta.

Y entonces se dio cuenta de dónde estaba. Se levantó de la cama con dosel, encendió una luz y buscó en su maleta unos vaqueros y un jersey que ponerse. Se vistió con rapidez, porque la chimenea se había apagado y la habitación estaba fría.

Cansada, un poco mareada y bastante insegura, se había refugiado en el sueño. Y por una vez su cuerpo había cooperado.

Miró la hora y vio que eran las seis de la tarde. ¡Santo cielo! Había dejado a Liam al cuidado de Dev toda la tarde.

Se calzó los zapatos y luego recogió la nota.

Con la caligrafía de Flynn, ponía:

Liam está dormido en la habitación contigua a la tuya. He dejado una luz encendida y un rastro de cordel que lleva hasta donde yo estaré para cuando despierte. Si quieres, comprueba cómo está.

Respiró más relajada y se sintió menos culpable. Se tomó tiempo para lavarse la cara, peinarse y arreglar las colchas de la asombrosa y opulenta cama. Luego abrió la puerta y trató de decidir cuál de las habitaciones contiguas a la suya era la de Liam. La pista se la dio el cordel que salía de debajo de la puerta de una.

Al abrir vio que había una luz tenue en la habitación, lo que le facilitó ver a Liam prácticamente enterrado debajo de una colcha pesada en medio de la cama gigantesca.

A su lado, cuatro veces más grande, estaba O'Mally. Abrió un ojo y observó a Sara acercarse. Esta esperó que se mostrara tan amigable cuando Liam dormía como lo había sido antes. Al parecer, decidió que era segura, porque movió dos veces el rabo, luego apoyó la cabeza en la cama y cerró los ojos.

Liam se encontraba boca abajo, y quitando su cara, apenas se veía algo de él. Estaba arrebujado contra O'Mally. Era evidente que habían congeniado.

Sonrió, luego se inclinó y depositó un beso suave en la sien de su hijo. Él sonrió. La misma sonrisa que la de su padre.

Lo cubrió mejor con la colcha y luego acarició al perro detrás de la oreja. Temiendo despertar al pequeño, se volvió para irse. Pegada al pomo de la puerta vio otra nota: *Liam, sigue el cordel y me encontrarás. Te quiere, papá.*

Ella no tuvo que seguirlo.

Al bajar, la atrajo el sonido de voces discutiendo en una de las habitaciones.

Oyó las palabras «Dunmorey» y «vender» y «no cuadra». Flynn las había dicho. Luego oyó la inflexión más irlandesa de Dev discutiendo sobre establos, prados e ingresos futuros.

Entonces oyó a Flynn rugir:

—¡No habrá ningún ingreso a menos que vendamos, maldita sea! ¡Es lo que intento decirte!

Las voces volvieron a bajar, pero Sara se marchó, ya que no quería escuchar a hurtadillas y mucho menos interrumpir una discusión familiar.

Avanzó por el pasillo bajó la mirada de desaprobación de antepasados ceñudos. Encontró una sala de billar y una sala que consideró el salón amarillo por su color. Luego una sala de música y un despacho pequeño que, por sus muebles delicados y femeninos, debía de pertenecer a la madre de Flynn, la condesa.

Como sabía que no se le había perdido nada en ese despacho, se apresuró a salir.

Había un montón de cosas que ver. Casi todos los cuartos se hallaban polvorientos y descuidados. Si solo una joven, Daisy, estaba a cargo de la limpieza, tendría suerte si llegaba a cada habitación una vez al mes.

Iba por el pasillo en dirección a la cocina con el fin de prepararse una taza de té cuando oyó la voz de Dev.

–¡No te estoy pidiendo que vendas! –una puerta se cerró con furia pasillo abajo.

Con rapidez, se metió en la cocina y estaba llenando la tetera cuando Dev abrió la puerta y se detuvo sorprendido al verla.

–Ah, estás despierta –respiraba con fuerza e hizo un esfuerzo consciente para relajarse–. ¿Te hemos despertado con nuestros gritos?

–No. ¿Es que gritabais?

Él sonrió.

–Eres discreta.

Sara lo imitó.

–¿Te apetece un té?

–Sí. O algo más fuerte. Tu hombre es un verdadero incordio.

–No es mío –se apresuró a corregir ella.

Pero Dev no pareció notarlo.

–¡Como si esperara que vendiera el maldito castillo para financiar los establos!

–¿Lo hará? –sabía que lo había mencionado, pero no podía creer que lo hubiera decidido con tanta rapidez.

–Intenta no tener que hacerlo. Lo mataría. ¡Tiene que haber otra manera!

–No lo hace a la ligera –comentó ella–. De eso estoy segura.

–Diablos, no. Él es muy responsable. De todas formas, sé que lo hace por el viejo.

–¿El viejo?

–Nuestro querido y fallecido padre –repuso con amargura–. Jamás le dio a Flynn el respeto que merecía. Lo culpó por la muerte de Will.

Sara se quedó boquiabierta.

Dev apretó los dientes.

–Como si hubiera recibido el disparo y vuelto a casa adrede para eso –fue al fregadero, apoyó las manos en el borde y clavó la vista en la oscuridad–. El viejo tendría que haber culpado a Will, maldita sea. El idiota siempre trataba de hacer lo correcto –manifestó con voz ahogada.

Flynn había dicho que Will era un santo. Pero no tenía idea de lo que había pasado, no se lo había contado.

Dev lo hizo.

–Flynn cargó con la responsabilidad. Y el viejo no dejó de decirle que era un inútil, que jamás daría la talla.

–¿Cómo podía llegar a pensar semejante cosa? –inquirió indignada. No era capaz de imaginar a algún padre diciendo o creyendo algo así.

Dev se encogió de hombros.

–Así era. Ahora Flynn es el conde y hace lo que puede para demostrar que el viejo se equivocaba. Supuse que yo podría ayudar si sacábamos adelante el proyecto del semental. Y ayudaría. Lo que pasa es que no pensé que costaría tanto.

–¿Cuánto?

Se lo dijo. Se trataba de una cantidad importante.

–El único modo en que cree que podemos hacerlo es vendiendo –indicó Dev con tono lóbrego.

Sara preparó el té y llenó tres tazas.

–Eres valiente si se lo vas a llevar –Dev enarcó las cejas–. Claro que puede que no se comporte como un cavernícola delante de ti.

Sara esperaba que fuera cierto. Pero aunque lo hiciera, ya entendía más cosas. Las presiones a las que estaba sometido. Y valoró la cantidad de tiempo que estuvo con ellos en Elmer. Llevó la bandeja por el pasillo y llamó a la puerta donde antes los había oído discutiendo. Durante largo rato no obtuvo respuesta, y llegó a pensar que tal vez se había ido.

Pero entonces oyó el crujido de un sillón y la voz hosca de Flynn:

–¿Te da miedo volver?

Equilibrando la bandeja en un brazo, abrió.

–No. Te traigo té.

Se levantó de un salto y se pasó la mano por el pelo. Cruzó la estancia para quitarle la bandeja.

–Creía que eras Dev. Lo siento.

Sara cerró la puerta y lo siguió.

–Me alegra no serlo.

Flynn hizo una mueca.

–¿Has oído?

–Un poco. Cuando bajé, estabais, mmm, hablando. Así que me fui a la cocina. Estaba preparando té cuando llegó Dev. Está alterado.

–¿Por qué? ¡Va a conseguir lo que quiere!

–Pero piensa que a un precio muy alto.

–¿Te lo ha dicho? –preguntó ceñudo.

–Le preocupas.

–No tiene que estarlo –bufó–. Sobreviviré. *Eireoidh Linn*. ¡Es el maldito lema familiar!

Sara se sentó junto al fuego y lo vio ir de un lado a otro.

–Sí, pero no parece que tu hermano lo quiera a costa de Dunmorey.

–Entonces, ¿cómo demonios va a conseguir sus caballos? Representan un negocio lucrativo potencial. ¡El castillo no! Es...

–También un negocio lucrativo potencial.

La miró fijamente.

–¿Qué?

–He dicho que el castillo también puede generar dinero.

Flynn rio con incredulidad.

–Sí, claro. ¿Has tropezado con un cubo y te has golpeado la cabeza? ¡Esto es un agujero sin fondo, no al revés!

–¡Pero está lleno de posibilidades!

–Intenta convencer al banco.

–Si quieres, lo haré.

Sus miradas se encontraron y Flynn la miró largo rato, luego volvió a mesarse el pelo.

–Escucha, Sara, sé que tus intenciones son buenas. Pero incluso mi padre, que estaba muy apegado al castillo, sabía que era simple cuestión de tiempo hasta que tuviéramos que desprendernos de él.

–Entonces, tu padre era excesivamente estrecho de miras –Flynn enarcó las cejas con sorpresa, y ella, aprovechando su ventaja, insistió–: Estás tan acostumbrado a eso, que no ves lo que tienes aquí.

–Todo lo contrario, sé muy bien lo que tenemos aquí. Un montón de escombros y moho que no hace más que empeorar.

–Solo si te rindes –se puso de pie–. Tienes a tu alcance cientos de años de historia asombrosa. Te he oído contarle a Liam fragmentos. Y este lugar maravilloso... No, en serio, es maravilloso –se adelantó a sus protestas–. Los bosques, los prados... el foso... –sonrió–... y también el castillo. Solo están desgastados.

Seguro que de vez en cuando han tenido que pasar por
malos tiempos. Le ocurre a todos los sitios. Pero, de
verdad, Flynn, son mágicos. ¿Acaso no lo pensó
Liam? Solo necesitan trabajo, cuidados. Amor.

–Dinero –expuso él.

–Bueno, ¿quién aparece en la lista de libros más
vendidos en la actualidad?

–A los bancos esas listas no les impresionan.

–¿Se lo has preguntado?

–No aparecía en ellas la última vez que hablé con
el banco. Pero...

–Entonces, no lo sabes. Seguro que ahora te consi-
deran un activo en alza. Y si renovaras algunas salas,
podrías convertirlas en un centro de conferencias o de
retiro. Tienes un comedor asombroso y enorme... –calló, abochornada– lo vi mientras Dev y tú estabais...
discutiendo. Pero sería magnífico para reuniones, ban-
quetes. ¿Has intentado alguna vez algo así?

–Mi padre habría preferido la muerte antes que llegar a eso.

–Bueno, tu padre murió primero. Ahora te toca a ti
–lo vio enarcar las cejas–. Podrías convertir una parte
del castillo en un hotel coqueto. ¡Piensa en toda la
gente a la que le encantaría tomar el té con el señor
del castillo! –se fue entusiasmando–. Y cuando tengas
las caballerizas, puedes tener huéspedes que vengan a
ver los caballos. Puedes organizar fines de semana
históricos y que un grupos de expertos asesoren a la
gente que venga a aprender cómo era la vida aquí.
Hay un montón de posibilidades. Este castillo es tu
principal reserva, Flynn. ¡No puedes venderlo!

–No puedo permitírmelo.

Sara volvió a sentarse y lo miró.

–O –añadió con ligereza–, supongo que podrías
rendirte.

–¡Maldita sea, Sara! –apretó la mandíbula.

Ella se encogió de hombros.

—Haz lo que quieras. Liam ya lo ha visto. Podríamos irnos a casa mañana.

Sus miradas volvieron a chocar y el silencio se prolongó.

—Eras una persona dulce —comentó Flynn con tono hosco—. ¿Qué diablos ha pasado?

Sara sonrió.

—Te conocí. Tuve a Liam. Crecí.

Capítulo 9

BIEN, ¿qué sugieres, entonces? –Flynn se apoyó en la estantería, con la esperanza de proyectar una imagen más serena y controlada.

–Te sugiero que no hagas nada drástico, como que juegues con la idea de vender Dunmorey, hasta haber probado algunas de las cosas que te acabo de mencionar.

–¿Y cómo voy a hacerlo? –demandó con impaciencia–. Sé que intentas ayudar, Sara. Pero te lo he dicho, mañana vamos a ir al banco. Si queremos conseguir algo de ellos, debemos mostrarles un nuevo plan de negocios que ilustre cómo pretendemos maximizar nuestros activos.

–Pues hazlo. Muéstrales planes para un centro de retiro, con alojamientos para huéspedes, recorridos por la propiedad y el castillo, el paquete completo, con lazo y todo.

Era tentador.

Y a pesar de todo, sintió que el entusiasmo de ella encendía una respuesta afín en él. Pero aún titubeaba, temeroso de albergar una esperanza, de creer.

–¿Por qué? –preguntó.

–¿Qué? –Sara frunció el ceño.

–¿Por qué te importa?

Ella abrió la boca. Luego, también titubeó, y él pensó que tal vez cambiara de tema. Pero no lo hizo.

Lo miró directamente a los ojos.

–Porque te importa a ti.

Era la verdad.

Y como en ese momento entendía cuánto le importaba Dunmorey y todo lo que representaba, haría todo lo necesario para ayudarlo a salvar el castillo.

–Escucha –dijo cuando él no habló–, creo que yo puedo ayudar. No solo me ocupo de los impuestos, también trazo planes de negocios. Los rancheros siempre están solicitando préstamos. Es la historia de sus vidas. Y he trabajado con muchos de ellos. Sé que los ranchos no son castillos, pero cuesta mucho dirigirlos. Debes ser creativo, pensar más allá de lo habitual. Yo puedo hacerlo. Y puedo redactarlo... si quieres.

No respondió. Simplemente, la miró.

Y Sara supo que había malinterpretado algo.

–O no –se apresuró a agregar–. Debería mantener la boca cerrada. No interferir. Es tu castillo, tu hermano. No es asunto mío.

Pero Flynn movió la cabeza.

–Creo que acabas de convertirlo en tu asunto –repuso sin dejar de mirarla–. Santo cielo, Sara. Espero que tengas razón. Llamemos a Dev y hablemos.

Hablaron casi toda la noche. Flynn pudo ver el potencial, pudo sentir cómo crecía la energía. La única idea que no le convenció fue organizar talleres para escritores.

Ella le sonrió.

–Podrían venir y sentarse a tus pies.

–No seas boba.

Pero Dev dijo:

–Escríbelo.

En algún momento de la noche, Liam despertó una vez, siguió el cordel con O'Mally a su lado, y los encontró en el despacho. Los miró somnoliento.

–¿Qué hacéis? ¿Por qué está oscuro?

–Porque son las tres de la mañana, pequeño –indicó Dev.

Liam frunció la nariz.

–¿Y por qué tengo hambre?

–Porque estabas durmiendo a la hora de la cena –dijo Sara. Miró a Flynn–. ¿Puedo darle algo de comer?

Él se puso de pie.

–Tú quédate aquí y pule los detalles de las caballerizas con Dev. Liam y yo prepararemos un poco de té.

–¿Té? –el pequeño volvió a fruncir la nariz.

–Comida –le prometió. Tomó la mano de su hijo y lo llevó hacia la puerta, mirando atrás para ofrecerle a Sara un gesto de ánimo con la cabeza.

Pero, la verdad, era él quien recibía ánimos.

¿Ánimos? Tuvo que refrenarse para no ponerse a bailar por el pasillo, con la pierna mala y todo. ¡Sara estaba interesada! ¡Se había involucrado!

¡No odiaba Dunmorey!

Liam y él prepararon té, sándwiches y pusieron unas pastas en un plato, luego llevaron todo al despacho. Sara y Dev se hallaban sentados en el suelo. Los dos alzaron la vista cuando entraron y ella le dedicó una sonrisa que a punto estuvo de pararle el corazón.

–Creo que funcionará –dijo ella con una voz en la que había una mezcla de cansancio y júbilo–. Deja que lo pase a limpio y podrás imprimirlo mañana. Desde luego, les dará algo más sobre lo que reflexionar. No creo que, viéndolo, te rechacen de inmediato.

Flynn dejó la bandeja y se inclinó para ayudarla a incorporarse.

–No lo crees, ¿eh?

–No. Yo... –comenzó a explicar.

Pero Flynn tenía toda la explicación que necesitaba. La besó.

Fue un beso espontáneo, nada calculado. Con él quiso transmitirle su agradecimiento, lo contento que estaba de que hubiera ido a Irlanda, de que se hubiera involucrado, de que compartiera Dunmorey, su vida.

Desde luego, no había tenido la intención de que se volviera apasionado.

¡Pero su cuerpo no se enteró!

Fue como si las semanas de frustración, necesidad y deseo finalmente se hubieran cobrado su precio, como si toda la fuerza de voluntad que había usado para aguardar su momento, para cortejarla y esperar, hubieran desaparecido. El dique estalló.

El solo hecho de probar los labios de Sara le aflojó las rodillas, llenándolo de añoranza y deseo. Fue como acercar una cerilla a un montón de virutas secas de madera. Las chispas saltaron. Las llamas se alzaron. Los labios de ella se separaron. Las lenguas probaron, provocaron, se entrelazaron.

–Por favor, no delante del niño –comentó Dev con humor. Luego le dijo a Liam–: Pásame un sándwich.

Sara se apartó. Flynn se dejó caer en el sofá y trató de recobrarse. Aunque lo que de verdad quería era tener a Sara arriba, desnuda en la cama.

–Toma un sándwich –le dijo Dev, pasándole uno.

–No sé por qué quieres que vaya –no era la primera vez que se lo decía mientras Flynn la conducía de la mano en dirección al banco–. Este no es mi sitio.

–Claro que lo es –le abrió la puerta–. Tú escribiste el plan.

–Pero es tu castillo. Tu futuro.

—Tu plan.

Una vez sentados, pensó que era una locura que la arrastrara a una reunión de negocios. No sabía cómo se desarrollaban en Irlanda.

—El señor Monaghan los verá ahora.

El señor Monaghan era un hombre muy delgado, con un traje demasiado grande y un bigote demasiado pequeño. Lucía gafas de media luna para leer que no paraban de bajar por su nariz. Les estrechó las manos a todos, pero su mirada se posó en Sara.

Sin embargo, se mostró muy atento con Flynn, pronunciando tantas veces «milord» que a Sara terminaron por dolerle los dientes. Pero incluso mientras lo hacía, no dejó de hablar de serias preocupaciones y dudas, hasta terminar por decir:

—En realidad, no veo cómo podemos serles de mucha ayuda.

No culpó a Flynn cuando este empujó el plan escrito por la mesa y dijo con su Voz de Conde:

—Lea esto.

El señor Monaghan se reclinó en su asiento y parpadeó, pero aceptó el documento que se le ofrecía y comenzó a leer.

Esperaron en silencio. Dev moviendo los dedos sobre su muslo y Flynn impasible y sin emitir sonido alguno. Instintivamente, Sara contuvo el aliento.

—Mmmm —murmuró el señor Monaghan. Luego—: Hmmm —pasó con mayor rapidez a la siguiente página y a la siguiente.

—¿Qué tienen en mente para emplear el castillo como lugar de entrenamiento para los rehabilitadores? —preguntó.

Dev y Flynn miraron a Sara.

Ella respiró hondo y habló.

Las preguntas se sucedieron con rapidez después de aquello. El señor Monaghan saltó de un lugar a otro del plan solicitando aclaraciones, tomando notas, asintiendo, subiéndose las gafas y murmurando:

—Sí, comprendo. Sí, eso podría funcionar muy bien. Sí, una idea interesante.

Luego depositó los papeles en un montón ordenado sobre su escritorio, se reclinó y le sonrió a Flynn por primera vez.

—Bueno, milord, esto parece muy prometedor. Desde luego, tendré que presentarlo ante la junta. Pero ya no veo impedimentos. Esperemos que Dunmorey esté a la altura de su potencial. Tengo la convicción de que así será. Estoy seguro de que disfrutaremos haciendo negocios juntos.

En un sentido ancestral, Flynn siempre había sabido que Dunmorey representaba el hogar. Pero aunque había crecido amando sus terrenos y sus paredes y su estructura de granito, nunca lo había sentido como un hogar.

Hasta ese momento.

—Es asombroso lo que puede hacer un poco de dinero en un lugar, ¿verdad? —dijo Dev tres semanas después de que se aprobara el préstamo.

Había un tejado nuevo, nueva pintura, nueva ropa blanca y nuevas cortinas.

Pero no era nada de eso lo que suponía la diferencia.

Esta la marcaba Sara.

Eran los jarrones con flores frescas que dejaba en cada habitación. La música que ponía. El calor de la luz del sol —era su imaginación o ¿podía Sara hacer que el sol saliera— proyectándose sobre la mesa de nogal del comedor.

El modo en que dejaba las puertas entreabiertas para que la brisa, los niños de la granja, Joe y Frank, y

Liam y los perros pudieran entrar y salir con libertad. El olor al pan y las pastas horneadas mientras Daisy y ella se espoleaban para mejorar.

Por primera vez desde que Flynn tenía uso de razón, había alegría en Dunmorey. Se oía el sonido de la risa y de los pies de los niños corriendo por los pasillos.

Antes de que llegara Sara, no recordaba haber reído jamás allí.

Ni siquiera recordaba comidas familiares en torno a la gran mesa de roble en la cocina. En ese momento siempre comían allí... no solo ellos cuatro, sino a menudo también Daisy y Eamon. Para su sorpresa, una tarde se les unió la señora Upham.

Desde su llegada, Sara no había parado de trabajar en lo que fuera necesario. Y cuando descansaba, en realidad no lo hacía, sino que se dedicaba a continuar con las declaraciones de la renta de sus clientes de Elmer.

Le preocupaba que estuviera trabajando en exceso. Quería decirle que parara. Quería cuidarla, mimarla, llevarla a la cama y pedirle que se casara con él. Pero le daba miedo romper la calma.

Porque a pesar del hogar maravilloso en que estaba convirtiendo Dunmorey, percibía que aún no estaba preparada.

Aunque el resto del castillo y sus habitantes y arrendatarios respondían a la calidez de Sara, a la alegría que desprendía y al incondicional trabajo duro que realizaba.

Les mostraba posibilidades que ellos apenas sabían que existían.

Dev había reído la primera noche cuando ella sugirió que ofrecieran paseos en pony a los hijos de los turistas que fueran a ver el castillo.

Pero al insistir, él encontró algunos ponys en la zona y ofreció cuidarlos y alimentarlos si podía usarlos para paseos. Contrató a dos chicas adolescentes que cuando no babeaban por Flynn y él, ayudaban de verdad con los niños. Fueron todo un hallazgo.

–¿Qué piensas de esto? –le preguntó Flynn una tarde al salir a dar un paseo junto al lago para ver el crepúsculo–. Otra costumbre que habían adquirido la mayoría de las noches. Caminaban, charlaban y compartían lo que habían hecho durante el día.

Sara se encogió de hombros.

–Miro alrededor y pienso qué me gustaría hacer. Es muy factible que si a mí me gusta, haya otras personas a las que también les agrade.

Y así fue como Flynn construyó la casa en el árbol.

No le contó a Sara lo que estaba haciendo. Y le hizo jurar a Liam que guardaría el secreto.

De niño lo que más había querido era tener una casa en un árbol, un lugar del que poder alejarse del castillo, de sus exigencias. Había querido un lugar propio.

Siguió el razonamiento de Sara y decidió que, si él la había querido una vez, quizá también la quisiera otra persona. Como Liam.

O la misma Sara.

De modo que cada tarde, al terminar con los asuntos de la propiedad, Liam y él desaparecían en el bosque. El árbol que había elegido era el mismo al que solía trepar de niño. Llevó la madera una tarde en la que Sara estaba ocupada con un grupo de huéspedes a los que mostraba los establos. Dev y ella tenían que estar allí. Liam y él no. El momento fue perfecto.

El trabajo resultó más duro que lo imaginado. Su pierna le dificultó la subida. Pero Liam era ágil como un mono y tan intrépido como él siempre había sido.

–¡Pásamela, papá! ¡Yo puedo hacerlo, papá!

Estaba encantado con la idea de su escondite secreto. Nunca dejaba de sonreír.

–¿Qué tramáis? –le preguntó Sara en más de una ocasión al verlo reír entre dientes.

–No puedo contártelo. Papá y yo tenemos un secreto.

Y un vínculo que crecía día a día.

Había algo que no le contaban.

Imaginó que no podía ser tan terrible si Liam no paraba de sonreír. Pero no le gustaba que tuviera secretos con ella. No le gustaba que tuviera secretos con su padre. No le gustaba que la dejaran al margen.

Y era así como se sentía. Por eso... y porque después de haberla presionado, adulado y manipulado hasta que al fin aceptó el viaje a Irlanda, él se había apartado.

Había compartido un beso apasionado e inapropiado que Sara había achacado al jet lag y que, gracias a Dios, Dev había interrumpido, y ahí se acababa todo. Bueno, aparte de ir de la mano de vez en cuando mientras paseaban junto al lago.

Quizá Flynn empezaba a acobardarse. Tal vez verla allí hacía que comprendiera que no pertenecían al mismo mundo. Era posible. Cada vez que pasaba delante del condenado espejo que había en la entrada se sentía pequeña y fuera de lugar.

Quizá Flynn sentía lo mismo. Tal vez no sabía cómo decírselo.

Era posible.

Y en particular ese día, después de haber soportado su primer té formal con una docena de damas de la sociedad, y nada menos que en el salón rosa, se sentía un poco fuera de lugar.

Al salir al jardín para tomar un poco de aire fresco y recuperar un poco de equilibrio, observó a Flynn y a Liam subiendo por el sendero procedente del bosque.

Hablaban y reían... y entonces la vieron y Liam susurró: ¡Shhh!»

—Os echamos de menos en el té —dijo ella irritada. No a Liam, desde luego. Pero todas las mujeres habían esperado la presencia de Flynn. Se habían mostrado corteses con ella, pero con evidente incertidumbre acerca de la posición que ostentaba en el castillo.

Igual que ella misma.

—Estábamos ocupados —repuso Flynn—. En el bosque —añadió. Titubeó, nervioso y cauteloso.

Y de repente Sara se sintió también más nerviosa y cautelosa.

—¿En el bosque? —frunció el ceño—. ¿Despejando senderos? —era lo único sensato que se le ocurría. E incluso eso, tal como Flynn tenía la pierna, no parecía sensato para él.

—No —Liam la agarró de la mano—. Ven. Ven a verlo.

Ella plantó los talones en el suelo hasta que miró a Flynn.

Él se encogió de hombros.

—¿Por qué no?

—¿Adónde vamos? —preguntó, dejándose guiar por su hijo.

—A ver lo que hemos estado haciendo.

Todavía desconcertada y con cierto recelo, se dejó remolcar. Era una tarde cálida de mediados de primavera. Las flores al borde del camino se mecían bajo la brisa. Se alejaron del lago y se adentraron en el bosque hasta llegar al extremo más apartado, que daba a los campos de cultivo y al río.

Liam se detuvo de golpe.

—¡Allí! —señaló.

—¿Qué? —Sara siguió la dirección de su dedo—. ¿Dónde? —al principio no vio lo que apuntaba. Pero entonces, a unos nueve metros del suelo, entre las ramas, creyó ver plantas entrelazadas. Se volvió para mirarlos–. ¿Es una casa en un árbol?

Liam movió la cabeza con vigor.

–¡La construimos papá y yo! ¡Es estupenda! ¡Tienes que verla! –volvió a tirar de su mano hasta que llegaron ante el árbol. Entonces la soltó y comenzó a subir por entre las ramas–. Sígueme.

Pero antes de hacerlo, miró a Flynn.

–¿Era esto lo que hacíais? ¿Construir una casa en un árbol? ¿Vosotros dos?

Él asintió.

–Pensé en... lo que dijiste... –apartó la vista, luego la miró otra vez–. Eso que dijiste... de que si querías algo, tal vez otra persona lo querría también...

–¿Te refieres... a Liam?

–A Liam –convino–. Y a ti.

Y fue así como lo supo.

Flynn los había llevado a Dunmorey por el castillo... a mostrarle a Liam su herencia, su historia, esas rocas apiladas una sobre la otra. Impresionantes. Hermosas. Desde luego, memorables.

Pero al construir la casa en el árbol, con sus propias manos y corazón, les había hecho un hogar.

Y fue por eso por lo que, después de acostar a Liam esa noche, entrelazó los dedos con los de Flynn y lo miró a los ojos.

–Te amo –murmuró.

Era una verdad que durante demasiado tiempo había guardado en el corazón.

Que le ofrecía en ese instante.

No supo quién se movió primero. Ni si ella lo abrazó o él la alzó en brazos para llevarla a su dormitorio.

No era una habitación «del señor del castillo». Incluso después de las obras recientes, Flynn había insistido en conservar su antiguo dormitorio de infancia, negándose a trasladarse a los aposentos del viejo conde. Todo era sencillo y funcional.

A ella le parecía perfecto. Los adornos no importaban, solo el hombre.

Y ella no quería a ningún otro. Jamás lo había querido.

La depositó en la cama y se echó a su lado. E incluso completamente vestidos, Sara pudo sentir el calor que emanaba del cuerpo que tenía junto a ella. Deslizó las manos por debajo de su jersey, y la acarició.

Él se ganaba la vida con las palabras. Eran una herramienta que empleaba con fluidez, facilidad e inteligencia. Pero sus manos habían construido la casa escondida, la casa que había fabricado para ellos tres.

Buscó esas manos y las apartó de su piel, llevándoselas a los labios. Le besó los dedos. Los mordisqueó uno a uno.

–Sar –susurró–. Te lo estás buscando.

Ella sonrió.

–Lo sé.

Sus palabras parecieron galvanizarlo. Se incorporó para apoyarse incómodamente sobre las rodillas en la cama y quitarle el jersey por encima de la cabeza. Ella se lo facilitó e hizo lo mismo con él. Luego, una vez con el torso desnudo, le acarició la piel, trazando círculos ligeros alrededor de las tetillas que le hicieron contener el aliento.

Sus dedos se encargaron con rapidez de los vaqueros de Sara, se los bajó y le acarició la piel delicada hasta llegar a la unión de los muslos.

Sara jadeó cuando le deslizó un dedo por la abertura de las braguitas y rozó esa parte de ella que palpitaba y anhelaba su contacto. Se irguió y quiso deshacerse del cinturón de Flynn, pero los dedos le temblaron.

–Déjame a mí –dijo él.

Lo hizo y ella se los bajó hasta las rodillas. Flynn se apoyó torpemente sobre la pierna mala para dejar que fuera más allá, pero le resultó difícil y maldijo.

–No –dijo Sara, y lo empujó, haciéndolo caer de espaldas; después terminó de incorporarse para quitárselos.

–Es fea –le advirtió él–. No querrás verla.

–Eres tú. Quiero ver cada centímetro de ti. Por favor –lo miró a los ojos en la penumbra–. Por favor –repitió.

Suspiró, tragó saliva y la dejó hacer. Seis años atrás, Sara había sido demasiado inocente, demasiado recatada para atreverse a realizar lo que hacía esa noche. Seis años atrás, había estado inmersa en una fantasía. Esa era la realidad. Ese Flynn era un hombre de carne y hueso, no un sueño de juventud.

Tenía heridas e imperfecciones. Igual que ella. Sara inclinó la cabeza y le besó el torso, el estómago duro y liso, los muslos, la cicatriz que tenía encima de la rodilla. Y al hacerlo, el cabello lo rozó levemente. Lo hizo temblar.

–Te deseo, Sar. Ahora –anunció con voz desesperada y urgente.

Pero no estaba más necesitado que ella. Y cuando rodó hasta quedar encima, Sara se mostró más que dispuesta a que los cuerpos se moldearan el uno contra el otro, a bajar la mano e introducirlo en su interior.

Flynn dejó escapar el aire entre los dientes.

–Síií. Sar, ha pasado tanto tiempo. Demasiado. No dejes que nunca... nunca... –no pudo terminar, solo fue capaz de moverse. Y Sara siguió esos movimientos, llena de él.

En esa ocasión, la llevó con él hasta el abismo. Y cuando gritó su nombre, ella susurró el suyo.

Y después, mientras dormía, Sara le besó el pelo, la mejilla, la mandíbula. Y sonrió entre lágrimas con el gozo de creer que su sueño juvenil era incluso mejor que un sueño.

Era real.

Capítulo 10

EL sol en la cara la despertó.

Sara parpadeó, sintiéndose momentáneamente desorientada. Y luego encantada al recordar que se hallaba en la cama de Flynn.

Si hacer el amor seis años atrás había sido como un sueño, hacerlo la noche anterior había sido mucho mejor.

Hacía seis años habían pasado una noche de belleza desesperada, ajena al mundo real.

Pero la noche anterior había sido de júbilo, de ternura, de pasión, la culminación después de compartir sus vidas durante semanas.

Había sido perfecto.

Alargó la mano y tocó el algodón suave; lo sintió fresco, lo que le indicó que Flynn llevaba ausente un rato.

No recordaba su marcha. Ni su beso. ¿Lo habría soñado?

No importaba. Habría más.

Un vida entera.

En mitad de la noche él le había preguntado qué había sucedido. ¿Qué había cambiado, por qué ese momento?

–La casa del árbol –le había respondido–. Tienes todo esto y, sin embargo, la hiciste para nosotros. Un hogar.

No creyó que pudieran casarse en esa casa. Los

condes, incluso los informales como Flynn, verían aquello demasiado inusual.

Pero tendrían que hablarlo. Él le había vuelto a pedir que se casaran. Quizá se lo pidiera allí.

O tal vez en esa ocasión se lo pidiera ella. Un hombre no tenía por qué tomar siempre la iniciativa. Ya lo había hecho una vez. Quizá fuera su turno en ese momento.

Si estuviera en ese instante allí, se lo pediría. ¿Dónde se encontraba?

Se dio la vuelta y miró el reloj. ¿Las diez? ¡Santo cielo!

Saltó de la cama, se puso la ropa del día anterior y fue a su habitación con la esperanza de que Liam no la viera.

Pero no la vio nadie. Sin duda todos se habían levantado hacía rato. Se cepilló el pelo. Ya se ducharía más tarde.

El día anterior le había contado a Flynn que Liam y ella iban a limpiar el viejo gallinero.

–Huevos frescos de corral para nuestros huéspedes –había dicho.

–Más proyectos –Flynn había movido la cabeza.

–Sí.

Además, era divertido realizar trabajos físicos. De modo que necesitaría una ducha después de limpiar el gallinero.

Se calzó los zapatos y bajó a la carrera.

La cocina estaba vacía. Sorprendentemente, no había ningún plato sucio. Por lo general, Daisy dejaba los platos del desayuno en el fregadero mientras limpiaba algún ala de la casa. Ese día estaba impecable.

Mientras se preguntaba dónde podían estar todos, le llegó la voz de Liam desde el salón rosa.

¿El salón rosa?

Y además hablaba con voz excitada, pero no podía oír qué decía. Ni imaginaba con quién hablaba.

Nunca lo había llevado a ese salón. Era el lugar más formal de todo el castillo, reservado para ocasiones especiales.

¡Flynn no había podido dejar que Liam fuera solo! No, el pequeño debía de estar hablando con alguien.

Giró el pomo y empujó la puerta.

Y encontró el salón lleno. Todos giraron para mirarla. Dev se mostró encantado. Liam feliz. Flynn... incómodo.

Y las otras dos personas, mujeres ambas, la miraron como si ya hubiera limpiado el gallinero antes de entrar.

La mayor, una mujer elegante de unos sesenta años, tenía pómulos marcados y cejas enarcadas, con un cabello gris peinado de forma casual. Bien podría haber llevado la palabra condesa marcada en la frente.

La otra mujer era más joven y de expresión más gentil, con una boca dulce en forma de arco y cabello rubio ondulado. Lucía un traje pantalón hecho a medida y perlas.

«Oh, cielos», pensó Sara.

Se encogió para sus adentros ante la idea de conocer a su futura suegra mientras iba vestida para limpiar el gallinero. Pero, al mismo tiempo, sabía lo que diría su madre.

«A menos que hayas hecho algo malo, no tienes nada por lo que disculparte».

De modo que hizo lo que Polly habría hecho.

–Buenos días –dijo con toda la alegría que fue capaz de mostrar.

Flynn dejó su taza de té y se puso de pie de inmediato, sonriéndole.

–Ah, buenos días –dio un paso hacia ella, pero se detuvo de golpe, sus pasos frenados por la mesa del té, la silla de su madre y la de la otra mujer.

Ninguna de las dos parecía inclinada a moverse.

Titubeó, luego centró su atención en la condesa.

–Madre, quisiera presentarte a Sara...

Y esta preparó su mejor sonrisa.

Pero Flynn calló. Tenía la boca abierta, como si fuera a terminar, pero no lo hizo.

Por fortuna, Liam lo dijo por él. Se levantó de donde estaba jugando con un camión en el suelo y corrió hacia ella para abrazarle las caderas.

–¡Mi mamá! –anunció orgulloso.

Y al sentir su cuerpo pequeño y sólido contra el de ella sintió un inmenso alivio.

–Ah, sí, tu madre –murmuró la condesa. La observó por encima de la taza de té–. Ya veo.

Y Sara no tuvo ninguna duda de que lo que veía la condesa no la hacía nada feliz.

Una parte de ella quiso dar media vuelta y huir.

Pero la parte que era hija de Polly y Lew McMaster plantó los pies con firmeza y no se movió.

Flynn finalmente encontró su voz, incluso parecida a su voz de conde, y logró concluir la frase iniciada.

–Te presentó a Sara McMaster –dijo–. Mi madre, la condesa de Dunmorey.

Pero, ¿dónde estaba su apoyo? ¿Su declaración? ¿Su amor?

¿Era ese el mismo hombre que la noche anterior le había hecho el amor con tanta ternura y pasión? ¿El hombre que le había construido una casa en el árbol? ¿Que les había fabricado un hogar?

En ese instante parecía irritado, abochornado e indispuesto.

«Bienvenido al club», pensó ella indignada.

–Señorita McMaster –la condesa inclinó la cabeza y le dedicó una sonrisa fría.

Sara también sonrió, esperando que pareciera un gesto más auténtico. Aunque ni se le pasó por la cabeza inclinarse, respondió con cortesía.

–Es un placer conocerla, milady.

–Sara es quien tuvo la idea para el centro de retiro del que te estaba hablando –intervino Flynn y le dedicó una sonrisa, aunque seguía atrapado en el otro extremo del salón. La condesa no cedía un centímetro–. Y los recorridos por los jardines –añadió–. Y ha estado ayudando a rehabilitar las habitaciones.

–También se le ocurrió lo de los paseos en pony –intervino Dev, dedicándole un guiño de complicidad–. Tiene muchas ideas.

–Y ha estado realizando mucho trabajo manual –prosiguió Flynn.

La condesa volvió a mirarla.

–Ha estado muy ocupada. Desde luego, ha llevado a cabo muchos cambios por aquí.

Sara ya no esperaba aprobación, pero sí que la condesa dejara de hablar de ella como si no se hallara presente.

Aunque lo mismo hacía Flynn.

–Ella redactó el plan que llevamos al banco. Monaghan quedó impresionado. La última vez que fui allí dijo que deberíamos nombrarla directora financiera –la sonrisa que le dedicó a Sara la invitaba a compartir el triunfo.

Pero Sara no se sentía tan triunfadora. Lo miró fijamente. ¿Directora financiera?

–Es increíble lo mucho que ha contribuido –concluyó Flynn–. No lo habríamos conseguido sin ella.

Pasado. Como si su trabajo ya hubiera acabado.

–Santo cielo –intervino la condesa. Luego, al fin le habló a Sara directamente–: Parece haber sido todo un activo para la propiedad.

–He disfrutado de la oportunidad –respondió con cortesía y a cambio recibió otra sonrisa gélida.

–Espero que Flynn recordara ponerla en nómina.

–Sara no es una empleada, madre –respondió Flynn con sequedad.

La condesa pareció momentáneamente desconcertada por su vehemencia. Pero luego simplemente asintió y mostró una leve sonrisa.

–Claro que no, querido. Es la madre de tu... hijo.

Sara comenzó a sentir que hervía por dentro. Esperó que Flynn dijera algo, ¡cualquier cosa!, que dejara clara la posición que ocupaba allí.

Pero él solo asintió con sequedad.

–Es la madre de mi hijo –corroboró con firmeza.

No dijo que era la mujer con la que había pasado la noche, no le dijo a su madre que era la mujer a la que amaba, la mujer con la que esperaba casarse.

Sara comprendió que tal vez ello se debía a que no era lo que él quería hacer.

Ni siquiera se lo había dicho a ella.

Sintió un puño helado en su estómago. Se sintió desorientada, mareada. Dudando de todo lo que había creído esa mañana al levantarse.

Quizá fuera lo bastante buena como para ser su directora financiera, su compañera de cama, la madre de su hijo, pero una vez que Dunmorey empezaba a florecer otra vez, tal vez se había dado cuenta de que no daba la talla.

Dios sabía que era verdad.

El día anterior se había sentido completamente fuera de lugar tomando el té con las señoras.

–Espero que comparta sus planes financieros con Abigail –dijo la condesa en ese momento.

–¿Abigail?

La condesa le dedicó una sonrisa mucho más cálida a la joven sentada en el sillón rosa.

–Abigail acaba de terminar un máster en economía. Estoy segura de que será de gran ayuda.

«¿Para qué?»

¿Es que la condesa planeaba lo que su comentario daba a entender, instalar a Abigail como señora del castillo?

¿Como esposa de Flynn?

¿Qué pensaba este al respecto?

En ese instante comprendió que tal vez le pareciera una buena idea. Desde luego, Abigail estaba mejor preparada que ella para tratar con toda la pompa y circunspección que acarreaba el título de condesa de Dunmorey.

Si Dunmorey iba a ser un éxito, una esposa como Abigail era exactamente lo que necesitaba.

—¿Té? —ofreció la condesa.

Sara asintió y lo aceptó, aunque habría preferido un whisky solo. Todo era tan «civilizado».

Pero solo en el exterior.

—Me quedé muy sorprendida al conocer a Liam cuando llegué esta mañana.

—¿Sí? —comentó Sara. ¿Por qué Flynn no le había hablado de su hijo, igual que a Dev? Le lanzó una mirada de acusación.

Él la recibió con una de disculpa.

—He ido a visitar a mi hermana a Australia —indicó la Condesa—. Gloria y yo vivimos tan alejadas que ya apenas nos vemos. Cada pocos años voy allí a pasar unos meses o ella viene aquí.

—Qué agradable —murmuró Sara.

—Lo fue. Fue una visita preciosa. Claro que no tenía idea de lo que pasaba... —la condesa miró alrededor y calló.

No necesitaba acabar la frase. La madre de Flynn no había estado al corriente de lo que pasaba allí y era evidente que le desagradaba lo que había encontrado.

—Claro que en otro sentido, fue un viaje afortunado —continuó la condesa—. Tuve la gran fortuna de encontrarme con una antigua amiga del colegio. Y Letty me ha prestado a su hija más maravillosa —otra sonrisa cariñosa hacia la mujer joven—. Abigail me recuerda a mí misma a su edad.

Sara logró una sonrisa educada. Dev pareció atragantarse detrás de su mano. ¿Era una risa? De algún modo, a ella no le pareció gracioso.

–Abigail es una pianista incluso más consumada que yo –continuó la mujer mayor.

–Simplemente disfruto –indicó Abigail con un encogimiento de hombros tímido y una sonrisa sincera.

–¿Usted toca, señorita McMaster? –inquirió la condesa.

Sara pensó que era asombroso cómo una mujer podía ser tan grosera al tiempo que se mostraba perfectamente cortés. Polly estaría partiéndose de risa con Dev. Sara sintió que en su interior se asentaba parte de la dureza de su madre.

–No –respondió con alegría–. No poseo ningún talento musical.

–Sara hace otras muchas cosas –saltó Flynn en su defensa.

Pero ella ya se había hartado.

No iba a dejar que perdiera el tiempo tratando de impresionar a su madre. Era evidente la opinión que esta ya se había formado. Y si lo único que podía hacer Flynn era recitar las cosas que ella era capaz de hacer, estaba claro que se hallaba fuera de lugar.

–Pero mi hermano Jack toca el mirlitón –continuó animada–. Y mi hermana Lizzie la tabla de lavar. Y mi otra hermana, Daisy, las cucharas.

–¿Tabla de lavar? ¿Cucharas? –repitió la condesa.

Incluso Flynn parpadeó al oírla. Dev bufó. La condesa, al tiempo que desconcertada, dio la impresión de sentirse más justificada por momentos.

–Que... fascinante. Estoy segura de que anhela verlos.

–Sí –confirmó Sara con absoluta sinceridad.

–Claro. Por lo que Liam me ha contado, ha estado fuera un tiempo. ¿Cuánto planea quedarse?

–Para siempre –respondió sin rodeos Flynn mientras Sara decía–: Nos vamos por la mañana.

Flynn dejó la taza de té en la repisa.

–¿Qué?

La miró aturdido. Pero nada más decir las palabras Sara supo que eran las adecuadas. Se había dejado llevar por una fantasía si había creído que podría vivir con personas como la madre de Flynn.

–Llevamos aquí seis semanas. Es más que suficiente.

«Desde luego», le confirmó la expresión de la condesa.

La de Flynn era de furia.

–No –afirmó.

–Flynn, no puedes controlar a todo el mundo –reprendió su madre.

Le lanzó una mirada irritada. Pero a Sara le preocupaba más que Liam la observaba consternado.

–¿Nos vamos a casa? ¿Mañana?

–Hemos estado de vacaciones, Liam –comenzó con su tono más suave–. Vinimos a visitar a tu papá, no a vivir con él.

–Pero...

–Cuando regresemos a casa, volverás a ver a Annie y a Braden. Y a los tíos Celie y Jace. Y a los abuelos. Eso te gustará. Podrás contarles todo sobre el castillo.

–¿Y sobre la casa en el árbol?

Las palabras le causaron una punzada de dolor.

–Y sobre la casa en el árbol.

A Liam le temblaron los labios.

–Pero acabamos de hacerla. Quiero quedarme en ella. Quiero...

–¿Una casa en el árbol? –la condesa abrió mucho los ojos. Miró del pequeño a Flynn–. ¿Has construido una casa en un árbol? El conde no permite...

–Madre –cortó Flynn–, yo soy el conde.

Y en el silencio conmocionado que siguió, Sara recogió el camión de Liam.

–Vamos –dijo–. Limpiaremos el gallinero. Luego tenemos que preparar las maletas.

–Pero...

–Ha sido un placer conocerlas –dijo con educación, mirando a la condesa y a Abigail–. Buenos días.

Flynn abrió la puerta sin llamar.

–Vete –le dijo ella.

–No, no me iré. Y tú tampoco.

Pero ella tenía dos maletas sobre la cama que iba llenando con ropa que sacaba de las cómodas.

–Por supuesto que sí –repuso sin volverse ni mirarlo.

–No seas tan obstinada. Todo ha sido un malentendido –explicó–. Mi madre no comprendía lo nuestro.

–¡Porque tú no te molestaste en contárselo! –continuó con la ropa.

Flynn la sacó de la maleta y volvió a meterla en la cómoda.

–¡No sabía que venía! Apareció en mitad del desayuno. Ella y esa... esa...

–¿Candidata nupcial? –sugirió con dulzura.

–No fue idea mía. Creía estar ayudándome.

–Quizá así sea.

–No seas tonta.

–Quizá no se hubiera molestado si le hubieras contado que estabas... comprometido.

–Pero no lo estaba, ¿verdad? Tú me habías dado una negativa.

–¡Pues no debería haber cambiado de parecer! Y vuelvo a cambiar de idea ahora mismo.

–Sara...

–No, cometí un error. Parece que en lo referente a ti, he cometido muchos. Aunque pensé que esta vez podría funcionar, debería...

–Maldita sea, funcionará! Mi madre ya conoce la verdad. Sabe que te amo. Sabe que tú y yo...

–... que somos demasiado diferentes. ¡Este no es mi sitio!

–¡Por supuesto que lo es! –le quitó el último montón de ropa de la mano antes de que pudiera guardarlo–. ¿Quién le ha vuelto a dar vida a estas viejas piedras? ¿Quién consiguió que el banco se pusiera de nuestro lado? ¿Quién organizó los paseos? ¿Quién puso las flores en los jarrones?

–Estoy segura de que Abigail podrá poner flores.

–¡No quiero a Abigail! ¡Te quiero a ti!

–A mí no puedes tenerme –le quitó la ropa.

–Sara...

Ella movió la cabeza, con fuego en los ojos.

–No impediré que veas a Liam. Ya arreglaremos visitas. Puede venir los veranos o algo así. Y... –se encogió de hombros– ya lo arreglaremos.

–Cásate conmigo, Sara, y no tendremos que arreglarlo.

–No.

–Me amas.

–Puede que te amara. De acuerdo, puede que te ame. Pero no voy a tolerar esto. No pienso vivir en un sitio en el que jamás estoy a la altura.

–¿Qué? ¿Quién ha dicho...?

–Nadie ha tenido que decirlo. Lo he sentido. Igual que tú lo sentiste. Deberías entenderlo. Tu padre y tú... no querías estar siempre fallando, ¿verdad?

Tuvo que concederle que había ido a la yugular.

–No –respondió al final–. No quería.

Sara se volvió a encoger de hombros.

–Ya está, entonces. Quieres demostrar que él se

equivocaba. No te culpo. Y tu madre tiene razón. No me necesitas. Necesitas a alguien que pueda encajar aquí. Que esté como en casa. Abigail.

–¡No quiero a Abigail, maldita sea!

–Me marcho por la mañana, Flynn. Y no hay nada que puedas decir o hacer para detenerme.

–Sara...

–Si quieres, puedes llevarnos al aeropuerto. Si no, llamaré un taxi.

–¡No vas a llamar ningún condenado taxi!

Decir que Liam no estaba contento era un eufemismo. No quería despedirse de Dev. No quería dejar a los caballos. Se le humedecían los ojos al pensar en dejar a O'Mally.

Fueron a la granja a despedirse de Frank y Joe. Los tres niños patearon piedras y murmuraron entre sí, luego se dieron un apretón afectuoso en el brazo. Después lo llevó a los establos para despedirse de los caballos.

–Dev me iba a dejar montar a Tip Top –musitó Liam.

–Podrás montarlo cuando vengas de visita.

–No quiero venir de visita. Quiero vivir aquí.

Y ella también, pero nunca funcionaría.

–No siempre conseguimos lo que queremos –afirmó con su voz de Polly.

Él le lanzó una mirada odiosa y siguió pateando piedras de camino a casa.

Al entrar en el castillo, todo estaba en silencio. Por lo general se reunían en el salón amarillo por la noche para charlar, reír y jugar con Liam mientras repasaban los proyectos del día siguiente.

Esa noche, el salón estaba en silencio. Había luz en el despacho de Flynn, pero de su interior no salía ningún sonido.

–Quiero ver a papá –dijo Liam antes de correr a la puerta.

–Quizá esté ocupado –advirtió Sara.

Pero el pequeño empujó la puerta. Y Flynn, sentado a su escritorio con papeles delante, alzó la vista y el rostro se le iluminó al ver a su hijo.

–¡Papá!

Abrió los brazos y el pequeño corrió hacia ellos. En el pasillo, Sara no se movió. Tenía un nudo en la garganta que apenas le permitía tragar saliva.

–Sara...

Se dio la vuelta.

–Tienes este tiempo con él. Acuéstalo. Necesitamos salir a las nueve. Te veré entonces.

Y subió las escaleras sin mirar atrás.

A las nueve menos cinco, los dos se encontraban en el recibidor de la entrada con el equipaje. O'Mally estaba con ellos con aspecto triste. Liam tenía un aspecto desdichado. Dev había ido a darles un abrazo a ambos.

–Volverás –le dijo a Liam–. O quizá yo vaya a verte.

Por primera vez Liam mostró cierto entusiasmo.

–¿Cuándo?

Era evidente que Dev no había esperado verse en ese aprieto, pero pensó un momento y dijo:

–Podría ir en agosto.

–¿Cuánto falta para eso? –quiso saber Liam.

–Dos meses.

El pequeño suspiró por lo largo que le pareció.

–Y tal vez podrías llevar a O'Mally.

–Tal vez.

Se movió incómodo de un pie a otro, como si quisiera marcharse y no supiera cómo.

–Estoy segura de que tienes cosas que hacer –dijo Sara. Él asintió. Ella miró el reloj–. O tal vez tú podrías llevarnos al aeropuerto. Si Flynn no se da prisa.

Comenzaban a agruparse unas nubes oscuras que amenazaban lluvia. Entonces les llevaría más tiempo llegar al aeropuerto.

–Vendrá –dijo Dev.

Pero ya eran las nueve y ni rastro de Flynn.

–¿Cuánto tardaría en presentarse un taxi? –quiso saber ella.

–Vendrá –repitió Dev.

Sara movió un pie y miró otra vez la hora. ¿No les haría perder el avión adrede?

Entonces, vio su coche subiendo por el sendero. Aparcó cerca de ellos y bajó. Parecía decidido y serio.

–Al fin –dijo ella.

Tampoco sonreía. Pensó que tal vez jamás volviera a sonreír.

–*Slan leat* –dijo Dev–. Adiós.

–Adiós, Dev –luego se volvió hacia su hijo–. Sube al coche, Liam.

Se lanzó hacia O'Mally y abrazó al perro con fuerza. Sara no pudo mirar.

–Nuestras maletas están en la entrada –le dijo a Flynn–. Iré a buscarlas.

Pero él abrió el maletero, giró en redondo y entró en el castillo. Segundos más tarde, regresó con las maletas de Liam y las metió en el coche.

–Liam. Al coche. Ya.

Otro abrazo a O'Mally. Sara no soportó la idea de tener que separarlo a la fuerza del perro.

Flynn regresó con sus maletas y las colocó junto a las del pequeño. Luego volvió a la casa.

–¡Liam!

A regañadientes se alejó del perro y subió al asiento de atrás.

Flynn volvió con dos maletas más y las metió en el maletero, giró y fue de nuevo al castillo.

Sara frunció el ceño. Miró en el maletero, luego el reloj, después esperó hasta que él salió con otras dos maletas.

–No son mías –señaló las dos últimas que él había guardado–. Y desde luego esas tampoco –con la cabeza indicó las que portaba en ese instante.

–Lo sé –pasó junto a ella y las acomodó en el maletero con las demás, luego lo cerró–. Son mías.

–¿Qué? –no creyó entender lo que había oído.

–He dicho que son mías. Me voy contigo.

–¡Qué! –debió de haber gritado, porque Liam se puso a estudiarlos desde la ventanilla trasera.

–He dicho que me voy contigo. A Montana. A Elmer. Al infierno... no me importa adónde.

Sara se sintió débil. Ya no lo comprendía.

–No puedes.

–Claro que puedo. Puedo hacer lo que me apetezca –volvió a hablar con su voz de conde. Pero luego añadió–: Lo he dejado todo. He escrito una carta. He abdicado. Dimitido. Como te apetezca llamarlo. No me quieres debido al título de conde, entonces yo tampoco quiero ese condenado honor.

–¡No seas ridículo! Claro que lo quieres. Quieres demostrar...

–Se acabó lo de demostrar. No tengo que vivir mi vida tratando de demostrar que mi padre se equivocaba. Yo sé que se equivocaba. Sé que soy bastante bueno. Y no necesito ser conde para demostrarlo. Solo necesito ser el mejor hombre que pueda ser –la miró con todo el corazón volcado en la mirada–. Y lo soy cuando estoy contigo.

Y entonces, no supo si se puso a llover o si eran lágrimas que caían por sus mejillas.

Solo supo que estuvo a punto de derribarlo cuando se arrojó a sus brazos.

–¡Oh, Flynn!

Y él la abrazó como si fuera lo único que pudiera salvarlo.

–Sara –musitó con voz quebrada, luego esperanzada–. ¿Sara?

–Estoy aquí –susurró–. Y no me voy a ninguna parte.

La besó entonces... y ella le devolvió el beso. Y entonces sí llovió. Primero unas simples gotas, luego con fuerza.

No les importó. No lo notaron.

Hasta que una voz infantil les preguntó:

–¿Eso significa que no nos vamos?

La madre de Flynn se hallaba en la entrada cuando regresaron a la casa. Miró a la pareja empapada, con los brazos a la cintura del otro, y sonrió.

–El deber de una madre es velar por el futuro y la felicidad de su hijo –anunció la condesa–. Siendo la madre de Liam, sin duda puedes comprenderlo.

Sara asintió. Era verdad.

–No te conocía. Mi hijo... –lo miró con desconsuelo– cree que las conversaciones cara a cara son esenciales para dar noticias importantes. Y no creía que debía hacerlo delante de una desconocida. Abigail –explicó–. Una joven adorable, pero evidentemente no para él.

–Solo hay una mujer para mí –afirmó él.

–Eso veo –con una sonrisa auténtica, extendió una mano hacia Sara–. Llevó a Abigail al aeropuerto esta mañana. Por eso llegó tarde.

Sara se sentía aturdida por el desarrollo de los acontecimientos. Pero tomó la mano de la condesa y la encontró cálida y suave, pero con callos en los dedos. La madre de Flynn sonrió ante su sorpresa.

Deseo

TRENT

Lujo y seducción

CHARLENE SANDS

Trent Tyler siempre conseguía lo que se proponía, y no había mujer que se le resistiera. Ahora, el éxito del hotel Tempest West dependía de lo que mejor sabía hacer: seducir a una mujer; pero, irónicamente, en esta ocasión lo que más necesitaba de Julia Lowell era su cerebro.

El vaquero texano, que no había olvidado el tórrido romance que había vivido con Julia durante un fin de semana, la convenció fácilmente para que se convirtiera en su empleada… con algún extra. ¿Pero qué ocurriría cuando ella descubriera la verdad sobre su jefe?

Para aquel hombre irresistible, ganar lo era todo

¡YA EN TU PUNTO DE VENTA!

Bianca

Si no quería ir a la cárcel, tendría que hacerse pasar por su prometida

Arabella «Rebel» Daniels habría preferido hacer caída libre desnuda a aceptar la indignante sugerencia de Draco Angelis, pero su padre había malversado un dinero que pertenecía al magnate y ella debía saldar la deuda mediante cualquier método que Draco quisiese.

Como campeona de esquí, Arabella estaba acostumbrada a correr riesgos, pero el peso del anillo de diamantes que Draco le había dado y el ardor de sus atenciones públicas le parecían un precio demasiado alto, en especial, sabiendo que cada vez se acercaba más el momento de tener que compartir cama con él.

CUMBRES DE DESEO
MAYA BLAKE

–Yo también puedo ensuciarme las manos –explicó–. Trabajo en los jardines. Tal vez pueda ayudarte con algunas de tus excursiones... si Flynn te ha convencido para quedarte.

–No voy a quedarme –expuso Flynn con firmeza–. Te lo he dicho. Si no dejan que Dev asuma el título, entonces al cuerno con él...

–¡No digas eso! –interrumpió Sara con vehemencia–. No lo digas. Y no puedes renunciar.

–He de hacerlo. O lo haré. Yo...

–No. No quiero que lo hagas.

La miró fijamente y movió la cabeza.

–Pero tú no querías...

–No quería casarme con un hombre que solo creía que era la madre de Liam y una buena directora financiera. Quería que me quisieras.

–¡Siempre te he querido! Dios mío, Sara. ¿Qué te llamo? *A stór*. Mi corazón. No estoy vivo sin ti. El maldito condado...

–Es parte de lo que eres. Y amo al hombre que eres. Y podemos volver a Elmer de vez en cuando. Adoro Elmer. Pero a ti te adoro más.

–¡Yo también! –aseveró Liam.

Exhibía una sonrisa de oreja a oreja y tenía un brazo alrededor de un feliz O'Mally.

Se casaron en Elmer en agosto.

Y en ese momento Sara estaba en la cama con el hombre de sus sueños mientras la recepción aún continuaba en el ayuntamiento de la ciudad.

Flynn no podía creer que al fin hubiera podido ponerle el anillo en el dedo. Era como si hubiera necesitado un montón de años. Bueno, en un sentido así era. Liam tenía seis años.

La puso boca arriba y comenzó a darle besos por

todas partes. Sara se retorció y rio entre dientes, y luego, cuando su boca comenzó a obrar magia en ella, arqueó la espalda y lo aferró por los hombros.

—¡Flynn!

—¿Mmm? —siguió besándola. Provocándola. Tentándola. Probándola.

—Ahhh.

Hizo que la penetrara y sintió la plenitud que únicamente alcanzaba con Flynn.

—Mmmm —y él empezó a moverse.

El ritmo se incrementó cuando también ella se movió, atrapada con él, disfrutándolo, cobijándolo, fragmentándolo. Y juntos, los dos se convirtieron en uno.

—Te amaré siempre, *a stór* —sonrió él sobre sus labios.

Bianca

Era un trato muy sugerente…

Conall Devlin era un hombre de negocios implacable, dispuesto a llegar a lo más alto. Para conseguir la propiedad con que pensaba coronar su fortuna aceptó una cláusula nada habitual en un contrato… ¡Domesticar a la díscola y caprichosa hija de su cliente!

Amber Carter parecía llevar una vida lujosa y frívola, pero en el fondo se sentía sola y perdida en el mundo materialista en que vivía. Hasta que una mañana su nuevo casero se presentó en el apartamento que ocupaba para darle un ultimátum. Si no quería que la echara a la calle, debía aceptar el primer trabajo que iba a tener en su vida: estar a su completa disposición día y noche…

DÍA Y NOCHE A SU DISPOSICIÓN
SHARON KENDRICK